老老实实

付强◎著

北方联合出版传媒(集团)股份有限公司

万卷出版公司

图书在版编目（CIP）数据

老老实实 / 付强著 . —沈阳：万卷出版公司，2018.5（2021.8重印）

ISBN 978-7-5470-4881-8

Ⅰ.①老… Ⅱ.①付… Ⅲ.①长篇小说—中国—当代

Ⅳ.① I247.5

中国版本图书馆 CIP 数据核字（2018）第 086924 号

老老实实

出版发行：北方联合出版传媒（集团）股份有限公司

万卷出版公司

（地址：沈阳市和平区十一纬路 25 号 邮编：110003）

联系电话：024-23284320 / 010-88019650

传　真：010-88019377

E - mail ：fushichuanmei@mail.lnpgc.com.cn

印 刷 者：三河市兴国印刷有限公司

经 销 者：各地新华书店

幅面尺寸：145mm×210mm

字　　数：178 千字　　　　　印　张：6.75

出版时间：2018 年 5 月第 1 版　　印刷时间：2021 年 8 月第 2 次印刷

责任编辑：李明　　　　　　　　责任校对：王洪强

封面设计：大名文化　　　　　　版式设计：申茹荣

责任印制：高春雨

如有质量问题，请速与印务部联系　联系电话：010-88019750

ISBN 978-7-5470-4881-8

定价：39.00 元

前　言

　　大概是在我三到五岁的时候，周围漂亮的阿姨都把老实作为择偶的标准，那时候我就想，长大了一定要做老实的男人。

　　成长是个过程，一个抛弃信仰的过程，在物质和道德之间徘徊的过程。有些人忘记教诲去媚俗，一些不入流的货色由于需要被变成英雄，更多的人，除了活着就一无所有。

　　我老实过，现在在许多人眼里依然老实着。在一些荒诞的夜里对着镜子看自己，赤裸着，这肉体让我感到陌生和茫然。

　　于是有了回忆，有了这本寻找过去的小说。在这个过程里，我找到了曾经深刻又忽略的太多太多东西。

　　2003 年大学毕业，2006 年写这本小说，我想把整个大学生活记录下来。断断续续地，能坚持下来不容易。有几次差点放弃，是痛楚给了我继续下去的动力。

目　录

第一章

1.1 粪

坐了一天火车，我睡眼朦胧地走出站台。不对这城市有太多期望，也就没对眼见的东西失望，甚至，比想象的还好一些。没有多么打眼的建筑，但也算得上人来人往，灯红酒绿，乱七八糟，车水马龙。

想着高中的同学大都考去了北京上海，心里流淌出些许的欣慰——我厌恶繁华。

时常会想，有那么一座属于自己的山，就守着泥土上的花花草草，就算没压寨夫人也可以过一辈子。

当一辆运载大粪的驴车洋洋洒洒地从身边掠过，我才下意识地吐了下舌头。"有点糟。"我对自己说。

1.2　军训

军训第一天，我就见识了当官的好处，一个小连长看谁不顺眼就可以动手动脚。

他说我低头，就踹了我一脚。我想都没想就还手了。

一直觉得，是我们的软弱让日军在中国横行那么久，我应该教会这家伙，啥叫血性着，后果是在全院读检查。

尽管积累了丰富的写检查经验，但都是帮别人干的。本以为自己会清清白白地度过学生时代，不想人算不如天算。

还好没多久，电子系一个叫金黛的女生给教官写情书，我的那点破事也被迅速埋没了。一时间，孔子、古龙、张爱玲、鲁迅、海子……各种版本的爱情或色情故事撒满整个校园。

"无耻！"幺猴讲完一个下流的版本后愤愤地说，"听说金黛长得还不错。"幺猴补充着。

"那丫头咋找对象啊？要不你去收了她，反正看样子你也困难。"王小北一脸坏笑地说。

幺猴瞥了他一眼，没搭话。

幺猴是寝室老幺，本地人，如猴般瘦，故得名。我觉得大家是嫉妒他的，女子般俊俏，文静还有点邪气。我的直觉告诉我，他这样的，要么做朋友，要么干脆消灭。

王小北是寝室老大，省会城乡结合部的农户出身，家里还有个姐姐。

和我印象中的农民形象截然不同，王小北帅气干练，看一眼就知道是个城府深的理智人儿。

吴山是寝室里的另一个成员，南方人，不在屋。听幺猴说通常我还没起床他就去图书馆看书了。

娘啊，还没上课，学个蛋！我想起那句坊间流传的名言："走自己的路，让别人打车去吧。"

军训很快过去了。大学生活的兴奋麻痹了身体的疲惫。金黛的故事也在沸沸扬扬中开场，在无声无息里结束了。

我们很倒霉地成了我校最后一批在部队军训的学生。原因是亲人子弟兵们如亲人一样搞大了很多女同学的肚子，学校不敢声张，部队又睁只眼闭只眼，只能像情人一样分手。

记得上小学时，我们曾深情地热爱着解放军叔叔，也爱那样的绿。那纯净的情感与制服无关。

对于金黛她们，那传承的火种带给一生的，是幸运还是灾难？还是因为爱情，一切都可以不计较？

1.3　王小北

开学差不多一个月了，大学生活比高中寒暑假还轻松惬意。听吴山说王小北在班干部竞选会上讴歌了辅导员的美丽端庄、气势磅礴，毫无悬念赢得了班长职务。那肉麻的话着实让我和幺猴听后大吐一场。

那些话从吴山嘴里说出来会缩水不少，可见王小北有些能力超越了我以往对人类的认知。我想他是可以改变我的世界观的，最要命的是，他很喜欢我，并且充分表现在平时的一言一行中。

"铁子，陪我打台球去。"那张带着无产阶级微笑的老脸几乎贴在我身上。

"没时间，晚上还要去图书馆，老大。"我故做无奈状。

"那我请你吃饭吧。"他不依不饶。

我摇摇头。猪脑子啊！一顿饭就能让我背弃刚说过的话？你以为男儿都如你在利益面前没有操守吗？

"铁子，有几句话想对你说。我要找个女朋友了。你是我朋友，我不和你争。说吧，你看上谁了？我把她当亲弟妹看。"王小北说得很诚恳。

"谢谢，谢谢，老大。我还没想找对象。你放心，你看上的我也不和你争。"我激动得语无伦次。握着王小北温暖的大手，我暗暗埋怨自己不争气，怎么不能和他一样也眼含热泪呢？

王小北长长地舒了口气说："我看上杨鸿伶了。你觉得她怎么样？"他的表情就像在超市咨询一件商品。

"杨鸿伶？杨鸿伶是谁？我们班的？"嘿嘿，我都没上过几堂课。

1.4　两个处男

"杨鸿伶是谁？"幺猴嘴张得和门一样大，看表情就知道为什么他会是我唯一的朋友。

幺猴是和我一样连女人的手都没碰过的纯种处男。不过我俩对另一半的冀望不同。我要我要的，而他等他等的。要有要求，等没有目标。因此，我一直觉得他比我纯净。

我常在梦中看到我的理想情人。她有着乌黑亮丽的长发、白皙如雪的腿、高耸的胸，顽皮不失传统，敏感不多脆弱，智慧不乏善良。

幺猴告诉我，他不做这样的春梦，也不像我盯着女生的胸部看。

逃课的日子，幺猴在北操场教会我如何使用这个城市最普及的交通工具——自行车。第一次骑上它，强烈的引力差点让我拥抱地球，还好对面走来的三个漂亮妹子激发了我保持挺立的本能。

我没有倒下。那一刻，感觉是在飞翔。

1.5　老茂的意淫

下午，我和幺猴如平常一样在寝室打着"拳皇"，隔壁老茂推开门走进来。

老茂叫周再茂，头发比较少，而且满脸都体现不出来社会主义优越性，大家都直接叫他老茂了。他和我算半个老乡，我在城里，他在县里。

我从没因此有过优越感。众生平等，何况有钱在哪都是大爷。

老茂很随和，开他玩笑也不见他生气，我和幺猴都不烦他。老茂抽烟，不怎么买，和幺猴要，一来二去也要出了感情。

"你俩怎么也没去上课？"老茂问，声音不大。

"废话，你猴哥什么时候上过课？"幺猴刚输给我一局，有点不高兴。

老茂依旧保持平日里的好脾气，"晚上在礼堂有新生的选美比赛，听说各个专业都有美女参加。要不要看看去？我们班的杨鸿伶也要去，咱们得为她加油啊！"

"呵呵。"我和幺猴同时轻蔑地笑了。

我知道幺猴是在不屑，而我却是在心里骂王小北。他和学生会打得火热，这样的好事也不说一声。

老茂以为我俩没兴趣去捧场，就撕开了伪善的面具，刚才还严肃着刹那就荡漾起春天的神采，"杨鸿伶长得真俊啊！报道那天就被认定为是校花的不二人选。可惜这种人咱是没机会了。"

老茂咽了口吐沫，顿了一下，"还是想她，连晚上做梦都想。"说完还弯着腿，做了两个猥琐的动作，然后又闭上眼睛意淫了一会儿，仿佛发泄完了似的，满足地回寝室睡觉了。

继续游戏。

快到傍晚，我和幺猴说去礼堂，他没有任何停顿，比我还快地消失于屋外了。

礼堂外边早就堆满了人，我才知道是要票的。工科大学就好比狼窝一样，公多母少是惨烈的现状。

看着一张张清秀可人的面庞，一只只娇艳的身躯从身边滑过，我如干柴的心一下子被点燃了。

我用心祷告，万能的主能赐予我两张票，我愿意一个星期不自慰。

"铁子，你也来了？刚好我这有两张票。"说话的人在背后狠狠地打了我一拳。

观音菩萨显灵了。我迅速转身，在周围人羡慕的眼光和嘘声中抢过了那价值不菲的纸片。

"刘……馨影，你……你……你……"我拼了命才想起来她的名字。

刘馨影是我在火车上刚认识的，和我来自同一个城市。

"你来了？"我是个和女生说话会脸红的人，不知道该怎么把话题继续下去，而幺猴不知道躲到哪个妹子屁股后边去了。

"不多说了，我要进去准备。为我加油啊。"刘馨影的眼睛里放着奇异的光闪得我抬不起头来。

我确定她有足够炫耀的资本。身为沿海开放城市长大的姑娘，刘馨影有着那里女人同样的挺拔丰腴，而清澈的气质和妖媚的眼睛无疑是上帝恩赐给她的礼物。

还记得那天，我被她看得小鹿狂跳，纠结着要不要接受暗示奉献出自己，却无意中发现她看卖茶蛋爷爷的眼神也同样暧昧。那是天大的误会。她不会知道我为她演出过一场多么傻的自作多情。

1.6　得到就不珍惜

我和幺猴坐在距舞台不远的地方。我想回寝室了，可能得到了就不珍惜吧。我根本不知道来干嘛。我经常会做一些事，自己并不喜欢的事。在一片嘈杂里，那么多的笑容映衬着我的忧伤。

幺猴显然很认真。我知道他在等杨鸿伶，没有邪念的等待。这小子平时看起来吊儿郎当的，可心里充满集体荣誉感，只是他很少在师长面前表现出自己听话的一面。

我的思绪随着那股莫名忧伤飘到了九霄云外，幺猴突然推了我一把才把我弄回现实里。

"哥，你朋友很漂亮。她朝你笑呢。"我从来没听过幺猴夸女人，他说好，一定是真的好。

我没抬头看台上的眼神，相信依然如妖精般邪恶。

此刻，她是全场的公主，把观众的情绪推到了高潮。我很想问问幺猴，我的白马被他藏哪儿了？

没有结束的伴奏和掌声还在耳边回荡，赵咏华的《最浪漫的事》，一首不染尘埃的儿童歌曲。

背靠着背坐在地毯上

听听音乐聊聊愿望

你希望我越来越温柔

我希望你放我在心上

你说想送我个浪漫的梦想

谢谢我带你找到天堂

哪怕用一辈子才能完成

只要我讲你就记住不忘

我能想到最浪漫的事

就是和你一起慢慢变老

一路上收藏点点滴滴的欢笑

留到以后坐着摇椅慢慢聊

我能想到最浪漫的事

就是和你一起慢慢变老

直到我们老的哪儿也去不了

你还依然把我当成手心里的宝

…………

后面演出再没有什么波澜，直到评委们宣布冠军是个黑黑的计算机系丫头才引起了不大不小的嘘声。

杨鸿伶没登场。

1.7　得不到也不珍惜

回到寝室，很晚了。

老茂早就坐在我寝室的电脑前打了几个小时"帝国时代"了。学校采购的电脑不便宜，每寝集资买一台。交电费，和商业用电一个价。他们寝室的人都讨厌他霸着电脑。

老茂是他寝室的老大，却一点没有老大的样子，从不去担当什么。

他是系里出名的"网上疯"，一玩上就不下来。想上厕所都憋着，就怕被人占了位置。我估计他连玩几十个小时再打场球都没问题。

周围的同学说，我寝室的人比其他寝室好相处。吴山家境很好，他父亲是局级干部，这年代有位置就有银子。他运动装穿的是 NIKE 的，手机是三星的，连复读机都是很袖珍的款式，平时神出鬼没地，和谁都没来往，也感觉到他不是个占便宜的人。

我和幺猴大大咧咧，什么都不太关心，心烦了还能骂老茂几句。

王小北本来是不高兴的，但他也不想表现得和大家不同。

"回来了，漂亮吗？杨鸿伶当校花没？"老茂刚打过了一关，才抬头看我俩，吐了口烟。我和幺猴都回来一阵儿了。

"娘的，你又抽老子烟。"幺猴叹了口气，明明没放在心上。

"漂亮，都很漂亮。"王小北不知什么时候进来的。他显然也去了。

"谁漂亮？我怎么没看出来？"我故意挑衅地看着王小北。

王小北没和我斗嘴，直接躺上了床，眨着眼睛，想着什么。

关了灯以后，王小北意外地爬到我床上，窗外的灯光洒在屋子里，他的表情就像刚偷吃过鱼的猫。

"铁子，我表白了。"王小北的样子比平时的正经多了几分端庄。

"谁？杨什么伶？"我心里暗自不爽。前段时间为了看杨鸿伶的样子上了堂课。她是在人群中会被埋没的人，仔细端量又是我见过最漂亮的姑娘。我真的不想这朵鲜花插在王小北身上。

"废话，难道是你的刘馨影？"王小北笑着调侃我。

"晕，我的？"我不喜欢他开这样的玩笑，尤其是还牵扯到别人。

"别装了，美女赠票我都看见了。要不是你，她能没夺冠吗？评委一定是认为她有男朋友，没前途了。"王小北继续无聊着。

"去找杨鸿伶了？搞定了？"我只想有事说事。

"没搞定！"王小北的表情有些默然，还带着洒脱。

"那你还那么乐呵。需要帮忙吗？"我以为他会继续，喜欢一个人难道不该是一辈子的么？

"天涯何处无芳草。不就是一个女人嘛，她不要我是她的损失。过几天找个比她好的……"王小北还在讲。我却没了交流的兴趣。

第二天逃课，幺猴笑着对我说，"哥，你牛大了。王小北在说话，你在打呼噜啊。"

"我哪有那么没修养！臭猴子，陪我逛动物园。"我没想和幺猴刻意说什么，他是否接受王小北是他的自由。

但我的内心深处真的希望我的兄弟会和我有同样的憎恶，无需刻意的。

　　我喜欢拽着幺猴去动物园看猴子，去回忆童年。当青涩远离自己，我用这样那样荒唐的方式来祭奠天真。

　　当又一次祭奠，我却不知道天真并没有远离。

　　王小北不会知道，那个我承诺帮忙的夜晚，我的情感向他的信任靠拢，但他又一次走开了。

第二章

2.1 诒

张红一给我打电话的时候，我满脑子都在想：她是谁？名字挺熟，应该是同学吧？

我对着电话问了三遍："你确定一定以及肯定要找苏铁吗？你能描述一下我的样子吗？"

"呵呵，像只树袋熊。"我听见电话那边传来一片银铃般的笑声，是好几个人在笑。

我确定一定以及肯定她没有找错人，树袋熊恰如其分地体现了我迷人的气质。

"寝室人多说话不方便，我想找你单独谈，赏个脸吧？"她语调里透着神秘。周围的笑声也更大了。

"嗯……"我想找个理由拒绝。

"那是答应了，楼下见吧。"张红一挺兴奋地说。

破电话不争气地掉线了，破烂的公共工具！

大学的第一次约会是和一个还不算认识的人。打电话说不去也不对，也不能让女生在楼下傻等着。幺猴不在寝室，闲着也闲着。

她看起来比我还紧张，双手不停地在裤线上摆弄着，完全没有电话里的大方，女人真是奇怪的动物。

我喜欢女生这样的含蓄，却不喜欢她。没有原因，感情这个词意味着放弃理智。

"走吧。你走，我跟着。"我打破了沉默的尴尬，琢磨着一会儿该怎么拒绝还不会给她很多伤害，还好我不是第一次被女生追了。

"我不知道怎么说。"张红一的吞吞吐吐和红着的脸验证了我的猜测。

"年轻人有想法是应该的。谁能没想法呢？也不是啥大事，也不是抢鸡蛋啊。"我故意调侃着。

我以为女生面对不正经的男生很难有勇气表达，什么都不说就好了。

"王小北让我做他女朋友。你是他的好朋友，我想问一下你的态度。"张红一鼓了很大的勇气，却和我无关。

郁闷！台词都白准备了。不喜欢我还说我像树袋熊，难道会有不喜欢树袋熊的女生吗？

"知道我是他朋友还问我干什么，难道我会说他不好么？"我没好气地问。

"我记住你是因为除了军训和教官打架，就是咱班的见面会时你说的话。大家都表决心说好好学习，只有你说大学就是用来玩的，你说你的少年只有这四年可以放纵了，几个老师都让你弄懵了。我佩服你的勇气。"张红一还记得我那次拙劣的表现，我很后悔那天的冲动。有几个班里的同学看见我都绕着走，就像我是精神病还能传染他们似的。

想到这，一股火气在身上蹿动。

"首先，我要纠正你，我不是王小北的好朋友，我不会随便交朋友。其次，王小北是否可以依靠也不需要问别人。他绝对不会隐藏任何优点的。还有，他前几天刚被杨鸿伶拒绝了，我不知道他对你的感情是不是和对她一样狂热。"我诉说着我认为的真实。

"他追过伶伶？苏铁，谢谢你告诉我这么多。有机会和你做朋友一定很幸运。"张红一说幸运，却明明没了起初的好心情。我知道，她宁愿没来找过我。

"我回寝室了。"我转身，走得很快。

2.2　晃悠

晃晃悠悠的日子过得很快，转眼，快一年过去了。

王小北成了学院文娱部的副部长，和辅导员的关系也到了夜间可以共处一室的地步，还多了几个能为他跑来跑去的小弟。

他和我的话越来越少，他劝过我务正业，我也是这么想他的。

吴山在不久前的期中考试里力压群芳得了第一名，也是专业前三十名中唯一的男性。每天晚上自习回来，他都要给一个陌生女人打电话。人家响一声他再打过去那种。一聊就是几个小时，用遍了各种拿电话的姿势，他大部分时间是在听。每个星期，他都会收到另一个陌生女人的来信。

不知道这是两个陌生女人还是一个。有几次，信是我从传达室拿到楼上的。我看到信封上赖赖巴巴写着"吴山收"的字样，每封信右上角都画了个很丑的太阳。

我和幺猴还是老样子，过着诗人般浪漫的放荡生活——自由自在，春暖花开。

2.3 不会吧

找了对象才知道体格不行，上了大学才知道见识太浅。

这样的事，若不是亲眼看到的，给多少钱我都不会相信的。

同届的一个堂堂七尺小伙，跪在3号女寝楼前几个小时了。那独特风景像一颗炸弹迅速轰动了整个校园，慕名而来的本校及各界人士数以千计。

人们还都是善良的，确定了事实就迅速离开，谁都不愿再去伤害那沦陷的尊严。

夜色里，我听见很多叹息声在风中呼啸而过。

男儿膝下有黄金啊！这样的深情为何打动不了一个女子？

"纯粹傻子！"王小北在寝室里发表了看法，然后倒头睡去。这阵子学生会活动把他累坏了，前几天夜深人静半夜三更的，这位大哥起身大喊："开会。都起来，开会！"

我们三个爬起来准备学习文件，发现他老人家又呼呼睡去，才明白这家伙说梦话了。

吴山只是笑，不说话。他只在和那个陌生女人打电话的时候才不是个哑巴。

"号外！号外！"老茂兴冲冲了走了进来，直奔幺猴的床，拿起一支烟，点了，不说话。

"有屁快放！我还要睡觉。"幺猴不喜欢别人拐弯抹角的。

老茂妩媚地摸了一下自己性感的大腿："听说那家伙是土木的，后来怎么着和女朋友发生了那种关系。"老茂说完还贱笑了一下，然后继续说。

"可惜那女生早就不是处女了，可他还是第一次。然后不知道怎么分手了，他就想不开跪着让人家负责。嘿嘿，是个傻孩子啊。对了，铁哥，听说那丫头和你也是老乡，你们那出的什么人啊？"

"去你的，你还和我老乡呢！"有这样的老乡真不是值得炫耀的事。

每一个男生曾经都是一个充满爱的花神

因为保护他们前世种下的小花才坠落成为凡人

男孩为女孩付出了一切 甚至尊严

女孩却不懂得珍惜 到最后也不明白男孩的爱

男孩越飞越高 心里始终放不下像个孩子的她

万水千山隔也隔不断 男孩留下了最后一滴血

女孩终于感觉到要失去他 伸手想留住 却遥不可及

渐渐地 渐渐地 男孩飘走了

女孩拼命地喊 拼命地追 只能眼睁睁地看着男孩消失在天的尽头

所以 女孩都不要辜负你身边的那个男孩

因为他为你放弃了整个花房

2.4　爱的礼物

太阳还没晒屁股就被幺猴从被窝里捞了出来。

"你小子疯了吧？有什么鬼点子了？"我张着嘴，闭着眼，眷恋被窝的温度，梦中的女人真好。

"我朋友的老婆也在我们学校。今天她生日。我得替我朋友送礼物。"幺猴淡淡地说。

"多少钱标准啊？"我很世俗地问。

"钱不是问题，大不了这个月我不吃饭了。"幺猴还是淡淡的。在他看来为朋友做这么点事根本就不算是事。

"他没给你钱啊？你再瘦下去就真成猴子了。"我表达着对他朋友的不满。

"不是还有你吗？"幺猴说得很心安理得，也让我觉得很舒服。

有钱的出钱，有力的出力。可我走不动了。

大街上霓虹昏暗，幺猴拽着我胳膊向前走。

记不清到底买了什么，但我还记得那天的对话。

"为什么一定要找到满意的呢？！"

"那是爱的礼物。"

"可不是你老婆啊？"

"所有爱情都一样。"

"你也会和那个土木的傻小子一样跪着？"

"他没做错什么。"

"你会多疼爱那个人？"

"把命给她。"

"她不要你呢？"

"那就等到她要为止。"

我天真地以为，幺猴和王小北就是天和地的差别。幺猴爱上的女人，是世界上最幸福的女人。

2.5　灯泡与庄稼

回到寝室，我挣扎着用最后的力气爬上床。

意外的，我在被子里找到了吴山留的纸条。

"铁，快期末考试了，好几个老师都给你下了最后通牒。"

看完之后，心里酸酸的暖暖的。此刻即便是杨鸿伶写的"爱你一万年"也抵不上它珍贵。

吴山背对着我，沉浸在那个陌生的女人里。可能是王小北和他说了什么，吴山把自己的活动提前了。

如果幺猴是冰封的火焰，外冷内热，那么吴山就是细腻的风雨，温婉平和。他知道压力只能让我更叛逆，才选择了安静的方式。

第二天，我偷偷溜进教室后门，就引起了不小的骚动。那一分钟，我感动于吴山脸上绽放的欣慰笑容，惊诧于张红一和王小北坐在一起的郎情妾意，震撼于杨鸿伶惊为天人的美丽。而让我好奇的，还是教室后排坐了一大票我不认识的男同学。几天没来上课，这群人怎么和浇过大粪的庄稼一样长出来了。

"铁子，我靠，上课也能见到你？过来坐。"王小北看到我，情绪激昂。

"不了，老大。那座位太靠前了。"我有意无意地对他身边的张红一笑了下，就把屁股轻轻地压在老茂边上的凳子上。

老茂就和不认识我一样。

"装什么装！告诉我咱班怎么这么多人？"我和平时一样不客气。

老茂继续低头看书。他只有看人体艺术才会如此专注。

"再不说话我就把你拿望远镜偷看隔壁班那谁换内裤的事写咱班校友录上。"我不懂阳光下的老茂怎么变了一个人似的。

"别……别……铁哥，饶了我。"他大概知道怕了，才把脸转向我，"我没铁哥这么帅，还和你混一起。怎么找对象啊？"

疯了，一个看片、旷课打游戏、熬夜泡成人网吧、喝酒、抽烟、挂科的家伙会以我为耻？

心情不错，懒得和他计较。"回答问题。"我说。

老茂偷偷用手指了一下不远处的杨鸿伶，小声地说："他们来了很久了，专业知识比你学得好。"

安得美人千万间，大辟天下寒士俱欢颜。

2.6 张红一的反攻

寝室就剩我和王小北，他一字一顿地说："铁子，我把张红一介绍给你当女朋友吧。她一直说你是她欣赏的人。"

"嗯，我玩两天再介绍给吴山。"我下意识地接话。

"瞎说什么呢！她可是我朋友。"王小北有些生气。

他竟然真的好意思生气？！

"朋友？你不是喜欢她吗？"我说完才想起来，这件事王小北并没和我提过。

"我是喜欢过她，她没答应。我没有感觉了，她才答应做我女朋友。可我现在对她只是朋友的感觉，只是朋友。"王小北保持着坦诚的态度，但那更让我恶心。

"不喜欢还和她在一起？这就是你眼里的朋友？你用你自以为是的友情去沦陷她的幸福么？"我已经忍无可忍。

"谁说她喜欢我就不可以当朋友的！铁子你怎么这么狭隘？！"王小北无辜而鄙夷地看着我。

"你放屁！"要不是对张红一没好感，我想我会出手打他的。

我跑下楼梯走了出去，迎着瓢泼的大雨。

不记得走了多久，两把雨伞罩住了我。

"铁子，该淋够了。"是吴山和幺猴的声音。

2.7　哪家的倒霉姑娘

幺猴很少这么落魄。从吃晚饭到现在，他四个小时没开口说话了。

寝室里很乱，地上撒满了各种长短袜子和烟头。吴山雪白的内裤挂在绳上，显得格外刺眼。它们的主人此刻还在图书馆里学习。

陪幺猴坐在电脑前打着"拳皇"。他的情绪就如他的招法一样杂乱、猛烈、压抑。

我在等待着答案，希望不是大问题。自从看到幺猴和吴山在雨中淋透的样子，我就对自己说，以后他们的"坏"事也是我的事。

"哥，我找到那个人了。"幺猴哭得像个孩子。

"天！！！"臭猴子害我浪费了那么多脑细胞，只是他发春了！！

"哪家姑娘那么倒霉？"我笑得和花一样。

"张红一。"幺猴清晰地吐出三个字。

我感到一阵眩晕,这三个字变成三座大山压在我身上,我宁愿这三个字是杨鸿伶或者我班最丑的黑丫马毛毛。

"哥,怎么了?是不是我配不上她?"幺猴的语气很卑微。

初恋才会让一个男人变成这个样子。瞎了也傻了,看不到自己的好,宁愿把自己割成肉片献出去,让全世界的美丽都只属于她一人。

"为了啥事?"我问他。

"下午,我看见她在我们楼下哭,就过去问她怎么了,她……扑到我怀里说她想家了。哥,不知道为什么,我还想抱抱她。是爱上她了吗?"幺猴连声音都是幸福的。

我确定她哭不是想家。张红一用她并不硕大却坚挺的乳房打开了幺猴心里的那把锁。

我后悔没把张红一和王小北的事告诉幺猴。说了有用么?

第三章

3.1　颤

我没去找王小北。他不是会为朋友牺牲的人，尽管事情都是因他而起。我选择了张红一。

小元咖啡屋——本院恋爱第一圣地，矗立在教学楼东侧二十年了。

教女性心理学的刘老师笑言："本院的恋人几乎都曾在里面留下过亲吻的痕迹，同时它也见证了很多恋人的前戏与分离。总之，那是个有感动、有刺激、有眼泪的地方。"

我第一次来。我和张红一找了位置刚坐下，就发现旁边的客人在做着不雅的举动。

张红一熟练地搜索着她需要的冷饮和热饮，显然，她是常客。

"我猜你会来找我的。"张红一笑得很热情。

"很自信啊？"我应付着，想着该怎么谈。

"幺猴是你好朋友。这次不会说错，全世界都知道。"张红一对我说。

我在她的语气里没有听到丝毫感情的色彩。

"你会珍惜他吗？"我的语调中带着恳求。

张红一沉默了，低头喝着果汁。她的姿势很优雅，谁会相信一年前她还是个地道的农村孩子。

"呵，不说幺猴。王小北还喜欢我吗？"她的急切让我觉得刚才的沉默不过是礼貌的缓冲。

"当然！他变得那么快，什么都能发生。你以为我找你是为了你和王小北？"我有心嘲讽，却力不从心。

"我让王小北忘了伶伶再来找我。现在我不想那么多了，我喜欢他。"张红一很哀怨，像林黛玉。

我觉得这种思维方式很熟悉。"你有没有办法让幺猴忘记你？"我确定我想结束这次谈话。

"为什么让他忘记我？他有爱我的权利！我真的得不到王小北，也许真的会接受他呢？"张红一说得慈悲，仿佛她的接受是对幺猴的奖赏。

我觉得自己很愚蠢，我盼着张红一和幺猴能幸福地在一起，还为自己的智慧高兴了整晚。我为王小北感到遗憾，放弃了如此天造地设的伴侣！

张红一不配拥有爱情！不配！

幺猴会放弃吗？不会！

3.2　交易

我闭上眼，就看到幺猴被大蟒蛇撕碎的惨状。不能让这样的事发生！邱少云、董存瑞、黄继光、刘胡兰、王二小，童年偶像的英雄形象交替着在我脑海中盘旋。

几秒钟之后，我做了几乎改变我一生的决定。我记得王小北说过，张红一很欣赏我。

"你会嫁给王小北吗？"我尽量让自己很温柔。

"没想过，婚姻太远，大学就是一起玩。"张红一愣了一下，脱口而出。这是个让我满意的回答。

"那我们做个交易好不好？"我暧昧地看着张红一。

"你说。"张红一有些好奇地回话。

"你不搭理幺猴，我来做你男朋友。"我希望她接受，也希望她拒绝。

"好。"张红一想了一会儿，看情形她不是第一次思考这个问题。她显得有些兴奋，"你总要用行动证明你是我男朋友吧？"

两片唇交织在一起。冰冷。

初吻失去的刹那，我回到了多年以前的下午。一个十四岁的女孩在一个十二岁的小男孩面前仰起了头。她是那所初中多年来少有的美少女。

"亲我吧，阿铁。我好喜欢你。"她闭着眼。

"不。妈妈说小孩子那样会生病。等我长大了，好吗？"我其实很想亲亲她。

我后悔了。

3.3　死灵魂

从老茂那抢来了半包红河，点了一支，灵魂出窍的感受让身体在一瞬间惬意而畅快。

既然堕入风尘，何苦不离死亡更近些？

老茂心疼得呲牙咧嘴，那样子让我觉得很好笑。他从我床上拿走的东西何止这半包烟价值的百倍？

"铁子，别闹了。不是没打算抽烟的吗？我今晚还指望它呢。幺猴找了你一晚上。你快回寝看看吧。他心情不太好，刚骂了我一顿。"

推开门，看到幺猴眼里的兴奋，那是让我窒息的表情。

我安慰自己说是值得的。可他几时能懂我的良苦用心，或者，就这样了断，一辈子。

"我和张红一好了。"我漫不经心地说。

那天的日记里，我写下了这样的句子：

18岁，我如花妖艳而你潇洒如风，吹拂着我和属于你我的碧蓝天。

18岁，你太多懵懂我还几许世故，尽管我也有太多种未知的慌乱。

18岁，我常常被押送到你家进食，忘了这次本来轮到我请你吃面。

18岁，你和我逃了大学的第一课，笑着说要做关羽张飞般的好汉。

18岁，我开心地在闹市骑车乱转，你却在那个冬天出了一身冷汗。

18岁，你被睡梦中的我踹在地上，夜色中看见你爬起来如无事般。

18岁，我喜欢对你传播流行音乐，让你做我生命里的第一个粉丝。

18岁，我无法正视你眼里的温度，那闪烁的光没有恨只是很暗淡。

3.4　继续堕落

幺猴自那天就从我的生活中消失了。

教室或寝室，有我在的地方，他通常转身就走。只有在夜里彼此才能感受到对方梦中的呼吸。

吴山好几次在我面前嘟囔："多好的兄弟，怎么弄成这个样子。"

王小北的情绪前所未有的好，那是挺真挚的祝福，还为他解决了麻烦。

"给你介绍不要，原来是自己搞定啊。哈哈。"王小北如是说。

消息也传到农妇辅导员那里。我在街上挑水果，她从后边拍我屁股："苏铁，行啊。管院就几个漂亮姑娘，全校都在抢。"

我有点受宠若惊了，"姐，那样的都算漂亮。你该考虑一下是不是把姑娘们压迫得太厉害了。"

我不怕她不喜欢我。我讨厌她，也不喜欢我讨厌的人喜欢我。

除了逃课以外，我几乎没有什么把柄可以被她抓住。期中考试我的成绩其实比吴山还好些，在本专业没有名次是那些老师随意评分的课做了孽。

张红一的课余生活也是在图书馆度过的。她怎么想也不明白，她上课都不明白的，我这个不上课的能轻易看懂。

我从不和她说起我的过去，也不想让她知道，我是高考失常，少考了一百多分来到这个学校的。

我总觉得，她欣赏我才是我真正的悲哀。曲高和寡也许落寞，也好过一身尘埃的平庸。

"伶伶说你是天才的问题儿童。现在我才知道你比她说的更恐怖。不为了幺猴，你会要我吗？"张红一痴痴地问。

只有她才会思考无聊的答案。我和她，一场交易。

小元咖啡屋，我和张红一坐在最隐蔽的角落里。桌子上的所有东西都像演出道具一样的摆在那里。我们用一阵一阵浪涛般的舌吻牵引着对方的情欲。我的手指缓缓地摩擦着她的小腹，向上行走……那一刻，我发现内心涌现出一股复仇的快感。

我听见张红一的喘息——魔鬼在自己的坟场发出的声响。

3.5　老茂的网友

国内的教育普遍刻板而功利，对少儿就只注重教育他们该如何或不该如何，而忽略了什么是美，什么是善。大多数人对善恶的感知模糊不清，好的也只是从《三国演义》里学会了关羽张飞的哥们义气，从《三侠五义》里学会了包公的浩然正气，差的则对不该做的事充满好奇。

老茂在家应该是老实的孩子，稍微有点见识也不能看 A 片就眼睛疼了。

这个年代，十二年教育出的好孩子，也可能会在大学里几分钟就被肮脏侵蚀得体无完肤。

老茂变得很坏也很快，纯净的品质在他身上越来越少，恶劣的贪念刚刚扎根还没形成气势。他理所当然地成为校园里最没有魅力的群体。这样的人要想在大学得到女人比瞎猫碰到耗子精还难。他们找女朋友通常只有一种方式——谎言，只有一种途径——网络。

"找个女人。"老茂就是带着这样简单的想法告别游戏开始了他的网聊。琪琪是老茂见的第一个网友，很有钱，家里是开医院的。那天，老茂借了他能借到的最好的衣服，带着她到处炫耀。我也见了一面，很漂亮的女生。本来很想劝她快点跑，别让人当生米做糊了，但又怕老茂因此自杀什么的。老茂的品性在我周围人中也不算差，也许是傻人有傻福。何况小羔羊都愿意千里入虎口，我不是她爹操什么心……

人应该对自己做过的事负责。

但老茂没有把生米做糊了，"人家那么远来看我。让我办了，我还是人吗？"老茂说话依旧粗鲁，可这是我认识他以来和以后听他说的最动听的话。

琪琪就这样走了，一去就再也没回来。

老茂也再没有这样好的运气。

3.6 从冷战到决裂

和张红一在一起差不多三个多月，每次亲吻都有呕吐的冲动。回到寝室，身心疲惫还要面对一群人或鄙视或冷漠的脸。

我高估了自己的承受力。明明很好的生活怎么变成这个样子？当我摔碎一个盘子，对于未知的未来，考虑的太少。

有几次想和幺猴说明白，都忍住了。

他依然深爱着张红一。他爱的女人正是我手中的玩物，而我何尝不是她的玩物呢？

我害怕回寝室，害怕任何和幺猴独处的机会。还好有吴山在，他偶尔会和我俩说话。我很少主动找吴山，王小北和吴山从相识起就主动和我交好，我不想让幺猴觉得被孤立了。

"希望你对张红一好点。"幺猴这几个月和我说的第一句话。

"那是我的事。"无论对错，我没有对他承诺的必要。

我看见幺猴的拳头。奶奶的，让所有郁闷就这样来发泄吧。后来，吴山拼命拉开了我俩。

被打的地方还火烧般疼。吴山哭了。

我从厕所出来，班上不少男生正坐在幺猴床上安慰他："那样的人，打他都脏了手。"

我看着那几个好心人，轻轻地发出声音："滚。"

3.7　天使魔鬼的距离

手机在我刚把梦中情人抱上床的时候响了。"疯了。这个彪子！"我心里咒骂。

"喂，你好。是苏铁吗？"电话那边传来的声音有些陌生。这彪子是女生。

"是。哪位？"我有些好奇地问。

"我是你朋友的朋友。你有时间么？出来吃个晚饭吧！"她语气里带着一点点恳求。

"好。"此时此刻，我对陌生人的好感异常强烈。

张红一，你见鬼去吧！！！

"梅梅，是你？"眼前的这个人，我真的认识。

梅梅长相并不出众，在管院也只能排个中上。她的特别之处在于她的身体。有人说梅梅的身材非常棒，那使她成为机械系那一千童男共同的向往。印象中她有男朋友的啊。

"啊？"梅梅傻傻地咧嘴笑了。她很得意我知道她，又没想好说什么，干脆就把头埋进了胸口。她今天穿着很宽大的衣服，胸也不显得那么大。要不是夏天见过她，会觉得她只是很平常的女子。

带她去了离学校很远的饭店，我可不想招惹梅梅那看起来虎背熊腰的男朋友。

"今天是我生日。我想送自己特别的生日礼物，就是你。"她的声音小到几乎听不见了。

"你想吃了我啊？"我开着玩笑。梅梅是个看起来果敢还洒脱的女孩子。我听懂了她的表白，也明白她只是表白。

"不会啊，我又不是魔鬼。"梅梅看着我无辜地辩解。

"哪有你这么漂亮的魔鬼。你除了身材魔鬼哪都不魔鬼。"我继续调戏。

这次，她听懂了，愣了一下，脸就红了。

梅梅很不擅长表达，每说一句都要喝几口酒来理清头绪。她的大概意思是男朋友是她赌气要的，理由是几个讨厌她的女生都喜欢那个人。可和他在一起又很后悔，梅梅说她不喜欢连亲吻都要她主动的男人。她还说她早就喜欢上一个管院的男生，很高很有型，可最近也找了女朋友。

我很想告诉她，我喜欢连亲吻都不主动的男人。她描述的那个她喜欢的人和真实情况有很大的出入：他并不挺拔，受过的刺激又太多。

梅梅说了很久，桌子上的空酒瓶也摆了七八个了。当梅梅搂着我的脖子对我说她没醉的时候，我知道她真的醉了。

"送你回寝室。"我觉得她很可怜，可怜的人格。我不明白女生怎么可以拿伟大的爱情当作赌气的工具。

自作孽，不可活。

"不要，我不回寝室。"梅梅在我怀里声嘶力竭地喊着。

　　她和男生喝得醉成这样回寝室，以后背着风言风语可怎么活。不回寝室，唯一的选择就是——去开房。

　　她呕吐的样子很无助。我在她身边支撑着她，收拾着她和她弄脏的一切。

　　梅梅皮肤反射出的光芒让我感到前所未有的贪婪与紧张。我呆住了，甚至不知道该怎么去呼吸。

　　"来，勇士。"梅梅眯着眼，脸朝着我看不到的方向。

　　…………

第四章

4.1　求

"我想找你谈谈。"这个男人就像座山，拦住了我去图书馆的路。

我见过他。梅梅的男朋友。

出来混早晚都是要还的。我拉开架势，等着他先动手。

"我想求你不要和我抢梅梅，我真的很爱她。"他的泪在眼眶中旋转。

这是什么情况？我有点理解梅梅喝酒时的哀伤了。

"为什么不？"我故意贪婪地咽了下口水。我宁愿他打我。我很想证明什么。

"梅梅喜欢你很久了，可能我只是你的替代品，可我真的离不开她。要不我们三个人在一起吧，"他的声音有些颤抖。

三个人在一起？！

他比梅梅描述的还要懦弱，在我面前，他好像才是第三者。

"妈的，老子和你的女人上过床啊？"我用力吼出这句话，等待我的是更彻底的沉默。他有点止不住情绪，留着眼泪离开。

"梅梅多好的女孩啊。可惜她眼瞎了，跟了你。"我对着他的背影喊。

有一天他会知道我骗了他，可我没想到这一天来的那么快。一个星期后，马毛毛在上课的时候说的。她的声音足以让全班都听得见。"机械的梅梅和她男朋友开房了，就是那个大波妹，我老乡。都听说没？和她男朋友一个寝室的朋友说的，不会错！"马毛毛一脸的淫荡，就像开房的人是她而不是梅梅。

梅梅和那座山刚毕业就结了婚。彼此的初恋，是大家眼中的郎才女貌。

我在校友录上看到梅梅的婚纱照，她看起来笑得很甜。

我很内疚，我总认为梅梅能找个更好的男人。

4.2 失恋

张红一说分手我还以为她在开玩笑，放下电话好半天我才明白到底发生了什么。

妈的，我被甩了，被一个在我眼中一无是处的女人。

失恋没有眼泪。又单身了，却不是回到过去。她轻轻地走了，挥一挥衣袖，就带走了我和幺猴的友情，也带走了我最初的纯情和幻想。

随手拨了高中最好朋友小龙的电话，听见小龙的声音，眼泪止不住流下来。

"哥们，我失恋了，不是失恋。"我语无伦次，我不知道怎么说得明白这几个月发生的一切。

我没再找过张红一，也没和别人说分手的事，我只想找烟。

还好，过几天就回家了。

4.3　我的家

我的家很普通，就如中国千千万万的小家庭一样。一个男人，一个女人，一个孩子，没有狗。妈妈被狗咬过，她见狗都会尖叫。我也怕狗。

爸爸是很普通的工人，又和普通的工人不一样。他留过洋，也当过领导，可能一直是当官的。他没有啥可炫耀的职位，他是这个那个项目的总指挥，项目没了，职位也没了。当然，我也不会为别人的权势而炫耀，就算是我父亲。

从我记事起，爸爸就和我说，当年妈妈生我的时候难产，要不是几卡车的工友给妈妈献血，我根本活不下来。爸爸告诉我，我的命是社会给的，所以我坚定的认为，回报社会是我存在的意义。

爸爸每年手握几亿资金，却让我家一贫如洗，他甚至连个像样的朋友都没有。爸爸重感情，胆子又小，他怕他的朋友拖累他假公济私，干脆在一次次指挥的过程中精简着朋友的数量。很多活给谁干都是干，可他就挑不认识的人，好像谁和他好就是有仇似的。我的叔叔、伯伯们一年比一年少，少到连过年时一个电话都不用接的地步。来送礼的民工很多，从苹果、猪肉、玉米到黄色录像，各种各样实惠的东西……听妈妈说，爸爸常常为了民工的工资和局长吵架。

在他心中，奉献和那些民工比任何事都重要。在那些民工心中，他是神一样的存在。他是从来不管我的。我后来想是不是因为自己儿时优秀到老师、家长放弃治理的地步。狗屁一样的各个级别的三好学生拿了那么多，狗屁一样的各个科目考试都可以名列前茅。以往的人生，很少人能左右我的行为，也正是那时就开始有了独断专行。

4.4　我的妈妈

妈妈总在耳边询问我有没有女朋友。在她心中，她的儿子是有很多人追求和喜欢的，如她当年一样。

妈妈属于那种有长相没智商的美女。我一直觉得自己不像她，我不会如她一样乐观地思考问题。生命对于她而言，最大的事就是洗衣服和做饭。更可悲的是我没继承她哪怕十分之一的美貌。

"看好了，就定下来！"妈妈一脸坏笑地和我说，"你喜欢就好，就算是农村人也好。妈也不图啥，就图你过得舒服。"

"慈母多败儿"一定说的是她这样的。回校的火车上，妈妈在站台边对我喊："都考那破学校了，你也别学习了。好好吃饭咱将来当民工不也挺好吗？"

4.5　苍蝇和臭鸡蛋

张红一对王小北的追逐在我眼里就像是苍蝇和臭鸡蛋之间的纠缠。我依稀记得张红一在分手的电话里说，我给了她一场美梦，可她还要面对现实。原来所谓的现实就是王小北。

二十四小时没有规律的电话骚扰着实让我无奈。整个寝室只有幺猴还在沉迷着期盼她的电话铃声，即使那些电话从来都不是关于他的。

王小北接幺猴递来电话时表情总是很无奈，起码听他对幺猴说了二十次"张红一的电话就说我不在"。显然，王小北对张红一依然没有兴趣和性欲，我还感到他在为我不平和内疚。王小北的性格不像北方男人般豪爽，他很少直接地拒绝或者说明白什么。我猜测他怕将来我和张红一又好了会里外不是人。

"嗯啊哈呀"的声音也能让电话持续几个小时，我真佩服死了张红一的贱。

老茂背地里和我说了几次："她丫是个屁呀！她敢甩铁哥就算了，这样明目张胆地搞王小北，太不给你面子了吧。最可气的是她成天吆喝幺喉送这送那跟吆喝狗似的，简直是变态了。"

我宁愿用所有的面子换回过去的生活。我觉得自己很肮脏，就在学校的浴池里一次次地冲刷着身体。我对着喷头高歌"滚滚长江东逝水，浪花淘尽英雄……"

4.6　山海关之往事

我做了一个美丽的梦。梦里，我是风流的将军。伤冲冠一怒于少年，弹半曲哀弦于玉门。解无边春色于娥眉，独白皙通侯于梁州。

"该出去走走了。"醒来，我对自己说。

4.7　第二次恋爱的滋味

火车站。

"去山海关，一张，谢谢。"我对售票员阿姨说。

"要两张好不好？"身后多了一个女人。

我回过头，是刘罄影。

"How old are you？怎么老是你？"我用厌恶的口气表达了我的惊喜。

"缘分呗！"她对着我不怀好意地眨了眨眼睛。

"你在勾引我吗？"我也坏坏地与她对视。

"切，随便找个不瞎的人问问，咱俩到底谁该勾引谁？"刘罄影骄傲地挺着胸，仰着下巴。

"你为啥也去山海关？"我不信世上会有这么凑巧的事。

"失恋了，难受呗！出去散散心不行呀？"刘馨影故意装出很痛苦的样子。

我伸出双手拨弄她的脸来惩罚她揭人伤疤。她是不曾有男朋友的。出乎意料的，她完全丧失了抵抗能力，就像等待情人很久的女孩。温润的脸就这样被我捧在手里。

"铁子，你好坏！我是不是该先去找个傻瓜谈恋爱才公平。"她呢喃着。

我把手放下，玩味着这句话。是又恋爱了么？？？脑子很乱，我想明白，又想不明白。

或者是陌生带来的快感，那快感让烦恼远去了，世界也变成了两个座位那么大。三个小时的车程，刘馨影依在我肩上睡着了。

第五章

5.1 关

山海关是个来了不后悔，也不会留恋的地方。

那样的城墙以那样的姿态耸立，不瑰丽也不入云，完全没有影画中天下第一关的豪气。

城市的海滩没有脱离中国特色，昏暗、忧伤、辽远。

站在城下，点根烟，想去探索百年前的那段爱情。一根又一根……头有些晕。

那些烟可以焚烧回忆么？

我是个后知后觉的人。那种感觉不是痛，是麻木。我曾经坚信，我的初恋会是一个神仙般的女子，牵着我的手一起走到海角天涯。我没想过前半部分是错的。后半部分，也是错的。

现实很少高于故事，也很少成于理想，尤其是关于爱情的。

这片土地上的人仿佛让我感受到十年前家乡的气息，走在路上，我看不到尘世间的浮躁。

刘馨影是我身边的女子，我努力去感知她美貌外的优点。她踏实，走路很坚定，不会对陌生的环境表现出情绪。我想了解她。这是否意味着我愿意与她天长地久？还是告别初恋的男人都会如此漫不经心？

"你是我的女朋友吗？"我傻傻地问她。

她不说话，只是笑，把手放在我手里。

我宁愿她否认，我讨厌她看我的眼神里那种坦然，好像我只是为她而生的。

我讨厌被占有，我讨厌自己。

5.2　眼泪

客房很争气的只剩下一间。我开心，兜里不富裕了。

刚刚还明媚的天空骤然下起雨来。很大的风，很黑的天，很多的落叶。

多少次遐想过这样的天气，和自己爱的人在一起。我明白，她不是那个人。

我无法忽略阴沉，只有她的美丽。我随手拿起杂志，心不在焉地读。这不是我第一次和女生过夜了。第一次，还在几天前。上大学，真好。

刘馨影哭了，有些悲凉。她会给我讲什么呢？我好奇地猜想，不看她，等待她的倾诉。

我喜欢别人对我倾诉，我喜欢被信任的感觉。

当再次抬起头，她就赤条条地站在我面前，那身体的幽香沁鼻入心。整个昏暗都被她的胴体映得光亮。

"我觉得，还不如我自己来。我喜欢你，铁子。"她是笑着的，泪却顺着脸颊流淌。

刘馨影的眼泪淹没了我的欲望。对于我来说，这个世界上有太多比欲望更强烈的东西，比如责任，比如童贞。

我站起身，亲亲她的脸颊。我把持着不看那些容易让我变得原始的器官。

"睡吧，宝贝。"我蹿到自己床上，转过身。

5.3　梦一场

我看到张红一和幺猴手牵着手走在我面前，我曾经猜到也许有一天会面对这样的场景，甚至假想出可能出现的诸多画面，包括我头也不回地跑掉。

可她还是让我的一切想象变得苍白不堪，张红一扑进我的怀里撒娇，我看到幺猴绿油油的脸色。

她此时高高在上，才会如此肆无忌惮。间或三三两两的同学经过我们三个，那样无奈而惊诧的眼神，百感交集。

"一起吃饭吧。"张红一说。

"不饿。"我推开她，故意让手按在她胸前，希望这样的轻蔑会让她不再不合时宜地热情。

兄弟，我尽力了。你真的要离开天堂，就让我用逝去的纯真为你吹响最后的离歌。

我并不常与刘馨影联系，偶尔会一起吃饭。她是第一次恋爱，也就接受了这样的疏远。

相处的日子，我慢慢地了解她。刘馨影是个很有规矩的孩子。一身的优点，却没来得及向我展示。

那些在校园里追逐她的人，丝毫无视我的存在。

事后刘馨影向我道歉。"你还不是我的，以后也不会是。"我说得淡淡的，其实心里很不爽。

我想说，每个人，只属于自己。

她也并不很在意我说的话，她总说要和我一起细水流长。

她甚至幻想，做奶奶的模样。

5.4　七天六夜

听师兄说，毕业了，学习的人后悔没玩，玩的人后悔没学习。

那段日子，我就用睡觉打发时间。醒了，就看到天或夜的混沌，酝酿下一次美梦。饿了，就随便吃点什么。后来干脆准备了一大箱方便面顶在头上。

我会在温饱后找刘馨影，在不管有人没人的地方亲她，亲得她一脸口水向我求饶，然后离开，继续睡觉。

隔壁班有个品学兼优的兄弟在网吧里熬了七天六夜。我在一次醒来时听老茂对幺猴讲的，一脸肃穆又佩服的表情。上网能让老茂佩服的，那可真是个牛逼的人儿。

我想和他比起来，我还是健康环保的。有一次，刘馨影害羞地怪我，说乳房大了，过去的胸罩都要换了。

5.5 王小北的话

这个城市的冬天，冷得刺骨。哗啦啦的狂风冰刀般刮在脸上，卷起新雪旧雪，犹如在伤口上撒盐般刺激。

逆风的脚步，踩在冰路上。偶尔，滑一个跟头。爬起来，自嘲地笑笑，继续走路。

这个城市的冬天，和这个城市的春天、夏天、秋天一样，漫天飘着沙。于是，女人们会用纱巾包起头。在外地人眼里，会以为是一种宗教或仪式。

大概是这样的天气造就了这里的人泼辣的性格。满街的女人，声音都如男人一样低沉，奇怪的是，这个城市的男人，说话的音调很尖。

这个城市的冬天，会让我情不自禁地怀念家乡的那片海。那是比这里更北的地方，却没有这么寒冷。每当刚穿上毛衣的时候，也快过春节了。

王小北就在这样冷的一天，找我吃饭。

满桌子的菜并不足以让我感动。他点的肉很少。这个城市的物价很低，像样的饭店里一大盘炒土豆丝才三块钱。

我猜，他有很多话要讲。

"知不知道张红一和幺猴怎么好上的？"王小北问得有些尴尬。他在揣测我是否喜欢这个话题。

我没搭腔，暗示他可以继续。

"真不知道当初你怎么接受的张红一，找个比她好的太容易了。幺猴还喜欢她。那丫头，不错，可毛病也多。"王小北抱不平地说。

我继续沉默。

"她追不上我，就还想和你在一起。我告诉她别。我知道，你放下了。"王小北说。

不是放下，是从来没有拿起。玩味王小北的话，我想是否只是他的安慰，而我的心情着实好了一点。我在猜想，我和他谁在另一个女人心里更重要。我期望是我，那样她会伤得深一些，毕竟当初我并没有主动分手的想法。

我挺感谢王小北，脸上的笑容也真实了不少。

"有一天，她喝多了，一个人醉在宾馆，让我和你去一个人。我没给你打电话，就让幺猴去了。"王小北的眼睛里流露出一丝得意的神采。

那个晚上，我担心得失眠。我知道他在讨好，他没找我，又聪明地把机会给了幺猴。

"你一直关心幺猴。现在，你该放心了。"王小北说得语重心长。

我不感谢，也不怨恨。我麻木。我逃避。我并没有从伤痛中走出来，没有资格定义什么。也许，他才是对的。至少，幺猴现在会这样想。

"我觉得大家都不喜欢我，这很不公平。"王小北开始了下一个话题。

我继续沉默。

"我很真诚地对待大家，为什么还会这样？"王小北委屈着。

是的，王小北是真诚的。他会真诚地对我，从不对我隐瞒想法。只是他的真诚在我看来是那么功利和虚伪。

"我要离开学生会了。"王小北说。

"是吗？为什么？"我有些惊讶了，学生会是个很有面子的地方。

"学不到什么了。毕竟我是学生。"王小北露出了成功者的微笑。

学生？没逃过课、考试还没考过我这个只上过最后一课的学生。没有价值就离开，丝毫不想他们给过你的。哎，这就是真诚。

"铁子，你永远是我的朋友吗？"他的真诚，如一年以前。

"哈哈。"我笑得暧昧，眨着不大的眼睛笑。

暧昧，有时候是一种靠近，有时候是一种疏远。

5.6　愤怒中的瘪三

我猜在本省的农村赌博是普及的。几个找不到对象的来自农村的同学就把专业的赌博搞得风风火火，那几个人中就有石头。大家都喜欢和石头玩，他从来也没赢过。

石头和老茂住一个寝室，我和他不熟，却熟悉他的声音。他每次斗地主都会喊，喊得凄厉。

有天路过他门口时偶然见过他喊的样子，脸憋得通红，眼睛也向前鼓着，跺脚或者用手打臀部，然后用力把钱摔向远离自己的方向，那个样子吓人却滑稽，像个愤怒中的瘪三。

石头的精彩在于，他把鸡胸、驼背、罗圈腿这些人类身体的缺陷集于一身，还有他那一个月不洗的头发，一年不洗的身体。

我甚至同情地相信，老茂抽烟是为了逃避屋里的其他气味。

石头从上大一就找小姐了，也算革命路上先行一步。

我很好奇石头家境如何，他一边领着助学贷款，一边频繁地找小姐，一边欠着学费，一边请人吃喝。

天刚亮，我听到石头的声音。那是在走廊里踩到硬物后对它原主人的咒骂。

扫了眼寝室的床铺，无人无书包。石头都去上课了。这样的课，我也该去的。

查了贴在床头的课程表，穿好衣服，赶到上课地点。

是大课，几个专业的人一起上，能容几百人的教室里人稀疏。按照经验，这样的课通常是安全的。老师是个女胖子，五十岁上下。原本可以亲切的脸，偏偏严肃着，头有些秃，嘴里叨咕着我半懂不懂的废话。

课开始一会儿了，同学们或睡觉，或调情，或想着心事，或学着英语……

没有打扰任何人，我坐在最后一排，兴致勃勃地欣赏起兄弟专业的妹子们，但结果很失望！

"苏铁，来回答一个问题。"我听见海啸一样的哄笑。

我站起来，缓缓地，面带笑容。

海啸被拍打在岩石上，世界也变成静止的。我抬起头，接受来自每个方向的目光注视。

那是个很概念化的问题，刚才她提过几句，没有太多的发挥空间。我随口把刚才记住的话重复了一遍，就看见原来严肃的脸逐渐亲切起来，教室里又荡一阵喧嚣。

"你上堂课来了吗？苏铁！"女胖子恢复了严肃，却不够狰狞。我想她应该很满意我刚才的回答。

"当然，您是经管学院我最喜欢的老师了。"我说得很正经，其实也不算撒谎。整个学院，我就认识两三个老师，他们都对我深恶痛绝，恨不得将我赶尽杀绝。

"那考试你也参加了？"女胖子的语气显然不如刚才坚定了。

"是吧。"管她什么考试呢，就说卷子交了，被她自己弄丢了，也不是正规考试。

"是交了，但你交了四份！"女胖子说。

我无言，看着她笑。

很久没这么开心过了。我知道，在这间教室里，至少还有四个人，关心着我。

下课后我才知道，一会儿新来的导师要给我们开会。早知道是这事，我就不来凑热闹了。

5.7　名牌大学来的人

按照规矩，大二的这个时期，每个班级都会被分配导师。

全班被安排在个小教室里，三十个人，一个都没有少。

我还是习惯坐在后边。一年多了，除了幺猴、王小北、吴山、老茂、张红一，其他人都是不熟悉的。有几个不是很漂亮的女生我都叫不上名字来。

张红一和幺猴一起坐在前面。幺猴洋溢着幸福和顺从，张红一满脸期望地看着远方。两个在沙漠中行走的人终于找到天边的绿洲。

眼前的场景又让我莫名地伤感起来。

导师是个名牌大学的毕业生，所谓名牌只是资格老点，在某些娱乐网站上的排名在全国工科前十名左右，录取分数却不高。

人在屋檐下啊，我只好低着头。

我把头低到裤腰带下面，低着头听他讲完自己是多么优秀，那所大学是多么优秀，低着头听他讲完他现在看到的这所大学是多么低劣，这所大学的人是多么值得羞耻。他喘息着压制自己的愤怒，好像是一个高级种族教育另外一个低等种族，好像监狱里的教官在教导犯人。

我抬起头，看着那头发上夸张的闪着的头油，看着那些不时点头的人群和一双双崇拜的眼睛。

"你们不能再这样下去了！"他激动了，不说话，等我们沉思。

我不合时宜地站起来，走了出去。我又觉得这样不好，于是回头，看着那个导师笑笑："不好意思，老师哥，我肚子不太舒服。"

第六章

6.1　黛

从破教室走出来，觉得到处都空旷，那种荒凉让心结冰了。

到每一个不想去的地方都很远，想去的地方更远，理想那么远。

顺着校园里的路，转圈。一个擦肩而过的身体让我慢下了脚步。她和刘馨影的背影差不多，一样的纤腰肥臀，一样的长发飘飘，不同的是，她的屁股更大些。

"美女，陪大爷玩一会儿啊。"我在她身后叫着。

和以往的遭遇相反，她停了下来，回头看我，"你是在叫我吗？"她问。

我被她的反击弄得晕头转向。我恢复了好孩子的本性，有些无地自容了。

她是面容娇好的女生，五官虽不如刘馨影精致，但也能让男人觉得她漂亮，只是淡淡的哀怨，始终轻锁着那淡淡的眉。

"陪我看场电影吧！"她说话的口气也像刘馨影般不容拒绝。

拿到两张电影票的时候，我叹了口气，困惑于自己是欢喜还是犹豫。

"我有女朋友的。"我声音小得几乎自己都听不见。

"我知道了。"她笑了，却没有展开那眉。

电影的名字是《一声叹息》，冯小刚的作品。讽刺的是，电影是讲第三者的。

她那样坦然地依在我怀里，我感受到她的颤抖，还有那颤抖的舌头……我想离开，又怕伤了她的自尊。

她的过去，是不是也有笨得可怜的事？

"我有女朋友的。"在她呢喃的时候，我说的很尴尬。

"苏铁，你没有传说中那样坏。"她说。

她走了，留给我一片茫然。

晚上，我请刘馨影吃了学校附近最贵的菜馆。我没告诉她为什么，她也不会问。我想，那是一种补偿。

又过了不久，我知道那个女生就是金黛，入学时给教官写过情书的女生。

偶然，在校园里见到她，我会善意地对她微笑。她，傲慢地视而不见。

黛，青黑色的颜料，古代女子用来画眉。我猜想，那就是她眉宇间的气质。

6.2　月色

夜，又失眠。精神和神经对抗，一翻撕杀后，精神又战败，继续失眠。

这样很久了。只有两个自己都精力疲尽了，才能睡去。

今晚，窗外路灯的灯光不如以往柔和。小说里最离奇的暗器就是这个样子吧，最妖娆也最绚烂地开满全身，让人在最安乐最舒服时无法闪躲地死去。

想起孔雀翎，想起七种武器，想起流星蝴蝶剑，想起少年时对自己说过的白衫瘦马快意恩仇……

思绪如顽皮的舞娘，飞扬着寂寞。她就如上帝变的戏法，精灵一样出现在路灯下。她是单薄的，厚重的衣裤也裹不出结实的形状。凌乱的头发在风中摇摆，夹着前些日子的雪花。帽子压得很低，遮住了大半边脸。缠绕的围脖上边，鼻子有些红了。一双美丽的眼睛，柔软而怯怯地闪烁，有些慌张还坚定。

我看了眼表，凌晨一点。

她在等谁？疲惫使我无法思考更多，只盼着她的男人会早点来接她。外边的气温接近零下二十度，待一分钟都是遭很大的罪。

她让我想起妈妈，一个爱我多过爱自己的女人。她儿子偏偏不争气。

我流泪了。在那一片冰凉的水里，睡了。

6.3 夫何求

我很少在清晨醒来，挣扎着睁开眼只是想看她一眼，下意识的。

她还站在那里。我的情绪爆炸了。她该和那个王八蛋分手了！！！

没心思瞻前顾后地想太多，漫不经心地穿着衣服，差点把裤子套在头上。

只是从楼上下来的工夫，她就不见了。

晚上，老茂来找我，说过几天生日了，想和几个熟的人吃个饭。他还说要缓和我和幺猴的关系。我苦笑，感谢他的用心，没什么好调解的，发生的发生了，说不说明白都挽回不了什么。

老茂还无意中提起，石头的女朋友过来了，洗了一天衣服。

石头？几乎天天找小姐的石头？鸡胸驼背罗圈腿的石头？她？在寒夜里站了一个晚上？又洗了一天衣服？

我告诉老茂，一定会去。

6.4 生日快乐

意料与意外之间，幺猴没有来。

老茂没有说原因，却明显带着不爽。

他是在乎幺猴的，被在乎的人抛弃在过生日的时刻，的确不是能让人快乐的事。

我很快乐，少了负担，快乐地坐在石头边上，也闻不到平日里让我厌恶的味道。

那家伙穿着相对还算干净的衣服，还是没有洗澡。

石头对我笑了一下，我没回应。想不起来，我是第几次这样鄙视他了。

"铁哥，女朋友没带来？铁哥的女朋友真漂亮啊。"老茂在拿我开心，他平时很少敢这样。

"哈，今天都没女的。"我皮肉都不笑地笑着。

"都是兄弟，说话方便。"老茂想反驳些什么，又觉得说不过我，干脆闭了嘴。从来没有女生搭理他的。

环视老茂带领的这群单身汉，真是没有一点共同语言。吃饭，只是吃饭。我低着头，用余光看他们的喧嚣。他们好像是来改善伙食的，一个个狼吞虎咽的样子。他们的表情让我相信，某一天，他们会为了一块五花肉，捅老茂一刀。

石头向我敬酒时我刚把一块五花肉放进嘴里，差点吐出来。我从不喝酒。

"铁子，这一年多你没和我说过话，我却很中意你。我不管多少人说你狂啥的，我就觉你从来不招惹别人，也从没背地里说三道四。我觉得，你是值得交的人。看我哪不顺眼，告诉我，我改！"最后两个字是他喊出来的。

他说得不对。我和他是说过话的。我依稀记得那天发生的事。大一刚开学，我和幺猴关系正好的时候。我出去玩回来去教室找幺猴。我坐在最后一排，石头来得比我还晚，坐在我边上。那时的我，骄傲如一条疯狗，带着洁癖，受不得一点肮脏。石头的气味，除了街上偶尔出现的乞者，是我不曾遇见的，难闻得我想吐。

我只好当着老师的面逃课。"以后上课离我远点。"我说。

我欣赏他的大度。这个人并非一无是处，比如他会有那样的女人，又比如整个楼的电器坏了他都能修好。

我很认真地举起杯，喝下了大学里的第一口酒。

石头很意外，也很满足，"以后就是朋友了。"他笑了，很傻很傻。

6.5　是你的朋友

朋友，除了相遇的缘分，还要一起去承担什么。

而上天，恰巧给了我和石头成为真正朋友的机会。

那天不久之后的夜里，我回寝室很晚。很远就看见一群痞子在楼下嚷嚷，都喝多了，对着宿舍楼骂骂咧咧地爹啊娘的。半天没人出来应，他们就摇摇晃晃地走了。

幺猴正在寝室打扑克，和老茂寝室的三人。幺猴和我闹掰了就和老茂寝室走得很近，不包括石头。

"啥事？"我对着他们四个喊。

幺猴白了我一眼。心寒。我不会在乎敌人的鄙视，却受不了朋友给的一点委屈。

老茂也不吱声，和没听见一样。

"石头，他在外边被一伙人请了找小姐，现在人家让他回请。活该！"接我的话的人是大个，我们班的，和王小北一个地方的人，也是幺猴此时最好的哥们儿。

大个很高，一米九几，长得也算周正。黑，运动细胞一流棒。他看起来没啥坏心眼，但从来不吃亏。

一个寝室的人出了事，自己却在这里幸灾乐祸。石头除了埋汰和找小姐，是个很热心的人，也没少帮老茂和大个干这干那。

幺猴，你都交了些什么人？

"石头现在在哪儿？"我问大个。

"一个人在东门附近躲着吧，你想找他？Call 他的 BP 机，号码你知道？"大个的眼睛亮了一下。在他心里，我和石头不是一类人，也没交情。

我知道他的 BP 机号码，那次吃饭石头给过我的。

我决定去陪他。他说过，他是我的朋友。而他，需要他的朋友。

我见到石头时，他正在东门附近的一棵树后边。看到我，没什么多余的反应，又笑，样子还是那么傻。

"今晚咋过？"我点了烟，给他。他不抽。

"站一宿，妈的，把钱都输光了。"石头还不习惯输的都是他。

我想起那个站一宿的女生，有些释怀了。

"去洗个澡。"我无法和这样的他单独呆一个晚上。

"你那么傻，人家说给你找小姐你就要？"我说起这个麻烦。

"其中有个人是咱辅导员的妈的干儿。我就以为没事。"石头无辜地说。他跟着组织走，却做了错事。又是那个丧门星。我从来都讨厌她恶俗却总是一本正经的嘴脸，这次真的找到了证据。

"准备怎么办？"那群家伙不会这样放过他的。

"走一步看一步，破学校，大不了不念了。"石头眼里闪着光，不是泪光，是希望。

我放心了，连辍学都不怕的人还会怕什么呢？

6.6　他的乡村爱情

窗外下了很大的雪，我得意于现在有暖和的大床和拯救别人。而被拯救的人，算是报答，给我讲了个美丽的爱情故事。

故事的开始，是一个小女孩喜欢上了一个小男孩，小男孩准备接受她的时候，她却又喜欢了别人。

"为什么？"小男孩愤怒地问小女孩。

"他比你帅。"小女孩说得坦荡。

从那天开始，小男孩不洗澡，不穿干净的衣服。他害怕，有人为了他的帅再伤害他。

我怀疑故事的真实性。即使把他弄得很干净，再穿上漂亮的衣服，石头身上也找不到帅的地方。

石头现在的女人，就是那小女孩最好的朋友。那段日子，她陪着石头，用自己的肉体去抚平他的忧伤。

他们做爱，从工厂的废弃楼到原野里的庄稼地，从学校的操场到美丽的乡间小路，到读大学离开家，去了两个不同的城市。

我终于知道,路灯下的女人叫大海。看到她的晚上,是她不告而来,而石头寝室的电话又恰巧坏了。

6.7　支离破碎的拆补

石头回到学校，迅速采取了行动。先是找那十几个痞子的头目，单独吃饭洗澡，又和学校外边的人力车师傅，绕着学校转圈。那些师傅中很多人都是洗了手的老痞子，从了良，声威和地位还在。事情也就很快过去了。

石头因此在学校出了名。谁和人力车师傅一起绕着学校走正步，都会出名。我后来在和他一起走，总说自己在狐假虎威。

接触一些不起眼的人未必是坏事，石头就是具备这样能力的人。我和幺猴曾一起嘲笑过石头站在街角和一群大叔大妈探讨人生。

石头还是石头。只是从那以后，他找完小姐了会告诉我又找了个什么样的女人，然后看着我流口水得意。石头不怎么上课却喜欢在食堂里吃大蒜，他会给我带几头，看我顺手扔到垃圾桶里。他有钱了会准时地出现在我床前，把钱展成红色的扇面，然后暧昧地对它们吹气。

"宝贝，抽一张吧。"石头对我说。

我会一脚把他踹开，抢了全部的钞票。自己留下一张，其余的扔回他脸上。

他小心地把钱都拾起来，去找一个女人做爱，或去找一群男人赌博，不去理会大二寒假前考试的到来。

刘馨影喊了我几次去图书馆，我却只能看懂书的封面，然后用手在她的身上解闷。她不是那么开放的孩子，但从不抗拒我的骚扰。

"我是不是不应该这样？美女！"我的手指按在胸前。

"没事，我喜欢。"她总能做到在任何事态下保持情绪平稳。

"适者生存么？"我稍微用了点力。

"是忍辱负重。"她对我着浅笑，示意我轻一点。

"哈哈，啥重？"

"本姑娘对你的心意重。"说这句话的时候，她没有正视我，不经意地看着远方。

"会不会影响你找下一个男朋友？"我只有不和她直视了，才能勇敢地说出这样的话。

"以本姑娘的姿色，我觉得不会吧。"她的回应是个印在我额头上的吻，有些凉。

她，总以为我是在开玩笑。我，也不知道是不是爱她，却发自内心感激她温和的给予。

刘馨影总以为她的男朋友是学校里最聪明的男子。半年不上课，看一天书就搞定一切。这些是我想拽她出去玩时告诉她的，她的相信更坚定了我的自以为是。

可真到了考试前一天，我连一点看书的心情和状态都没有。大二的经济学倾向理科，不是看一夜书就掌握大概的。

拖拉一个月的十多门考试，支离破碎，我拆东补西，疲于奔命。在街上，用手指头盘算考过的和没考过的，差不多要挂一半吧，我想。

第七章

7.1　花

内心和地上的积雪一样凉。

刘馨影考得不错，要是没有我让她分心，她可以考得更好。幺猴也不错，比我强点。这半年，他和张红一泡在图书馆，从天没亮到天全黑。

有三门本来是在及格边缘的，不及格全是导师作祟的缘故。又一次，我为张狂付出了代价。最让我不能接受的是有一门不考试的课老师也让我挂了。

我去教工宿舍找他。

"论文我交了，作业我也交了。为什么不让我及格？！"我带着气，理直气壮地问。

"你从来没来过课。"那老师对我的态度没有准备，愣了一下说。

"你不点名，怎么知道我没来？"这个家伙在专业就剩下不点名的口碑了。

我完全不觉得自己错了。大学不是义务教育，上不上课是我的自由。

"我认识你！"那老师有些生气，却没有气势。

我摔了他的门，给了他又一次华丽转身。

一个老师，不好好讲课，找我干吗？我心里诅咒他永远不举。

回到寝室，我躺在床上，继续着咒骂，觉得还不过瘾，就随口唱了起来。

"五十六个民族，五十六枝花，五十六个男人一起干掉他，五十六种方言汇成一句话，干掉他，干掉他，干掉他……"

心里的阴霾愉快地释放着，直到王小北进了屋子。

"别唱了好不好，考得不好就怪老师。"王小北的考试，除了那个老师的课，全是四十多分！他对那个老师当然感恩戴德了。

"关你屁事！给老子滚！"这一次，真实地面对他，我随手还朝他脸上扔了一本已经及格的书，还故意没有打中。

从来没有在乎，又何必害怕会失去。

王小北没想到我的反应。他迟疑了一下，转身走了。

我看见他哭了。想想这两年，不投机，也算彼此坦诚。我跳下床，追了出去。

"对不起。"我诚恳又不太情愿。

"你不该总这么冲动。我知道那次他侮辱了你的自尊心，难道全班只有你有自尊？"他的眼泪并没有干透，眼眶还红红的。

"我只是刚才错了，别扯那么远。"我讨厌这样的说教。

王小北彻底沉默。

不欢而散。

7.2　异乡

异乡，没有朋友，又逢逆境，是很让人伤感的事。

长大了，总要学会独自去承受什么。

石头，是可以一起承受事情的朋友，却不适合用来分担心情。

他太无谓。我太忧柔。

绿的黄的红的蓝的紫的，统统变成黑和白。

一切都是陌生的，陌生而不让人新奇，只是恐惧。在恐惧中企图遗忘和摆脱，又走进更绝望的路上。

我索性去把头发染成唐老鸭的黄，没和任何人商量。一缕一缕的黄夹杂着黑，让刚毅的孩子多了些妩媚。

从理发店回学校的路上，看到刘馨影的同寝小薇。她扭得花枝招展的水蛇腰在很远处看就像传来一道霹雳。

"姐夫，咋没和我姐在一起亲热啊？"她两手挽着我的胳膊，结实地顶在她的胸前。

小薇和谁都这样，我早就习惯了。刘馨影把她当妹妹看，也不介意我饱受摧残。

我是介意的，小薇皮肤好，身材也好。美中不足的是她长得太像赵本山了。

我讨厌她，却与赵本山无关。

那一次我和刘馨影在漫长的舌吻之后。

"小薇的一个初中同学，管小薇借了二百块钱，没还。小薇把电话打人家里了。"刘馨影带着一点责怪的语气。

"至于吗？就二百？！"对于和我无关的债务，我一向豪爽。

刘馨影欲言又止，还是说了出来。

"钱是借给那个女孩打胎用的。小薇把这事也告诉人家妈妈了。这孩子真不懂事。"刘馨影叹了口气。

我皱了下眉。这种人让我对这个人间感到绝望。

"你觉得这只是不懂事？！这个杂碎！"我憋着气说。

"比借钱不还和堕胎还杂碎？"她问得很自然，不是故意气我。所以我真的很生气。

我装着要抽出胳膊，如所想的一样，小薇把我的胳膊压得更紧。

"姐夫，请我吃饭吧？"小薇叫得很亲，"姐夫，请你睡觉吧。"

我又使劲抽着胳膊，故意把手停留在她的胸上。

"姐夫，你太坏了。我告诉我姐去。"小薇推开我的手，转身跑了几步，又跑回来。

"姐夫，我的胸比起我姐如何？"小薇笑着问我。

7.3　金黄色

"小薇的胸又大了！"我对刘馨影说。

"她回寝室说让你非礼了，还很高兴的样子。看来是真的了，你怎么可以做对不起我的事。"她用两只手掐着我的脖子，把整个身体的重量压在我身上。

"有便宜不占王八蛋。你又不是不知道你那妹是什么人。不过说真的，那胸长你身上就好了。"我笑着调侃。

"这些天都不知道怎么安慰你。看来你没有被成绩影响心情。"刘馨影吐了口气，好像一块石头落了地。

我很想说，马克思说好色是本能，和吃饭睡觉一样，与心情无关。

"我是来问罪的，怎么又变成犯罪了？"刘馨影满脸的无辜。

"大不了我的奖学金都给你交补考费用。"她继续着无聊的话题。

我没心情听她讲这些，就捋了捋黄色的头发。"帅不？"我问她。

"哈，给我点时间适应。我觉得自己换了个男朋友。不过真的很帅！"她又一次扑倒在我的怀里，满脸幸福。

7.4　盛夏果实

也许放弃才能靠近你不再见你

你才会把我记起时间累积

这盛夏的果实回忆里寂寞的香气

我要试着离开你不要再想你

虽然这并不是我本意

你曾说过会永远爱我

也许承诺不过因为没把握别用沉默

再去掩饰什么当结果是那么赤裸裸

以为你会说什么才会离开我

你只是转过头不看我

不要刻意说你还爱我

当看尽潮起潮落只要你记得我

当时正流行莫文蔚的《盛夏的果实》。在厕所里蹲着，闻着屎味，也会听见边上有男生在蹲着哼唱。

认识莫文蔚，从钟爱的《大话西游》开始，那一年我还小，十三四岁的样子，在满是欢声笑语的电影院里，为了故事中的爱情泪流满面。

大概是这首歌，给了我想和刘馨影分开的决心。

她是个好女孩，我能看到她一切的好，这些好却从未带给我拥有的愉悦。她在盖生活的建筑，一点一滴，不出轨，不停歇，不干涉别人。她的生活，安静而自我。而我，更喜欢从一个楼跑到另外一个楼，没有目标，只为了新鲜或者感受。

我不喜欢两个人在一起还会有那样深刻的孤独，更害怕对她的打扰。我厌恶这样的患得患失。要是不能天长地久，放弃是高尚的还是无耻的？

她可以找到更爱她的人。

我开始了抛弃的计划，接触频率从三天变成五天。

"我要和刘馨影分手了。"喝过一口火辣辣的白酒，我对石头说。

是他来找我喝酒的，我却想喝得比他多。

石头酒量并不好，我也不好。

"彪啊！你的大美人，知道咱学校有多少人惦记吗！"石头以为我在开玩笑。

"是吗？"我轻轻地说，有气无力。

"她的人品、长相、性格都挑不出毛病来，而且眼不瞎的都看得出她很喜欢你。难道你看上别人了？真白瞎一朵鲜花了，你个臭狗屎！"石头忿忿地说。

"珍贵的宝石，未必适合放在一起镶嵌。"我说了一句很有哲理的话，又觉得没意思。

"你会后悔的。"石头坚定地说。

"也许吧。"我喝酒，不说话，喝酒。

大醉了以后，我拨通了刘馨影的寝室电话。

接电话的是小薇，我只说了一个字，就听她在那边喊："姐姐快点来，姐夫喝多了。"

"对不起。"说完，我扣上了电话。

不知道石头是怎么把我弄回寝室的，应该很费劲。我问石头，他也不说，就是奸笑。我真怕是被人力车师傅们抬回来的。

第二天，看到满手机的未接来电，全是刘馨影打来的。吴山告诉我，她给寝室也打了电话，他说我睡了，就没有再打来。

我想起自己失恋时的落魄样子，觉得自己很残忍。我责怪自己在流离时发现了不属于我的财富却还贪心地占有……想着这些我就更加憎恶张红一，憎恨她让我在情感和道德上的迷失……

很久以后，当我真的遗忘，忘记了恨谁，却忘不了，给过别人的伤害……

"你不用和我道歉。无论你做了什么事，我都会原谅你。"她说得轻描淡写。

"你好傻啊！"我轻抚着她的脸，心里在流血。

坏人应该下地狱。

7.5　作弊的代价

我是善良的，甚至是愚蠢，否则我不会坐在这张桌子边上喝酒。

张红一考试作弊被抓了。原以为没多大的事，这个学校考试作弊的人差点比这个学校里的人还多。去年我的同学从考场出来，看到个孩子挺可爱，伸手要抱，甩了那孩子一身的小纸条。

这回听说学校要从严整治，没有学位甚至开除。

当听到张红一可能被开除的消息，我惊讶我高兴不起来，我觉得我有足够的理由去幸灾乐祸，但我甚至还有点哀伤，这样的情绪很奇怪。我只是有点庆幸自己从来不作弊。我真的不会。

张红一、幺猴、吴山、王小北、杨鸿伶还有张红一寝室的几个女生就这样聚在了一起。

王小北和吴山让我一定要来，说以后可能都见不到了。张红一不想念了。

大家的表情像在参加一场追悼会，不管是不是真的痛心，都表现出很难过的样子。

张红一和幺猴的眼睛都是红肿的，显然刚哭过，我猜想是用了拥抱之类的姿势。

我和杨鸿伶面对面坐着。杨鸿伶的美丽在于她的不雕饰却依然还能透露的妩媚和纯净。170cm左右的身高让她挺拔却不显突兀，直的头发松散而规矩地搭在胸前，皮肤是那样粉嫩的白，眉毛弯成伟大画家才能点缀出的形状，大大的眼睛清澈而深邃，长长而上翘的睫毛是一种可爱的态度，嘴如樱桃般小而薄，挂着些轻浮而慵懒的味道。校花就应该是这个样子。

她低着头，让我可以肆无忌惮地欣赏。我佩服那个喊出"秀色可餐"的古人，生动而不下作地形容出男人的感受。他一定也遇到过杨鸿伶这般绝色的佳人。

张红一举起了杯，"感谢大家。"她哽咽了。

幺猴、吴山、王小北举杯一饮而尽，三两白酒。

我确定我不想喝，但必须要喝。

当是死了一个朋友，所有的恩怨都随风去吧。

后来的事实证明了那个晚上喝酒是多么愚蠢的行为。张红一直到毕业也没受到任何处分。可惜那个晚上的我并不知道这些，否则我绝对不会喝那么多酒。一杯，又一杯，应和着各种各样的眼泪和表白。幺猴变成了张红一口中最伟岸的男子。昏昏沉沉地，我听见张红一喊我的名字，我装做没听见，把飞吻送给了抬头看我的杨鸿伶。

杨鸿伶低下了头，红色的霞彩映满了天使般的容颜。张红一看到我的这个动作也知趣地闭了嘴。

一杯，又一杯。我确定我没比人多喝，都凑了份子。我确定可能喝了至少二斤白酒。我看不清楚周围，有一种力量在血管里海浪般敲击我的头。好难受。杨鸿伶的样子也在我的视线中逐渐模糊。

7.6　我又出名了吧

后来听别人说，在场的几个男生，大部分被直接拉到医院去了。王小北死活都不去，被几个同学扶着回了寝室。而我还能扶着墙去图书馆拿书包。书包里有钱包。

不知道我是第几个在图书馆吐的人。我的大学四年，没有看到第二个，也可能是我很少去那的缘故。

当我看到眼前黑乎乎的人群，觉得很恶心。

第二天醒来，离我上次的清醒过了二十四个小时。刘馨影和石头守在我身边，刘馨影手里拿着湿热的毛巾，她还是笑着的，笑着看我醒来。

"傻丫头，准备在男寝室过夜啊？还不走？"我把手放在她脸上。

"都过了一夜了。"她淡淡地说。

"你摸啥不该摸的地方没？"我下意识地看了眼下身。还好，裤衩还是那条裤衩。

"摸就摸了呗！也不是啥值钱玩意！"石头在旁边一脸坏笑。"你算很牛的了。幺猴和吴山还没出院呢，也不知道怎么样了。王小北还没醒。"石头指了指旁边的床。

我看着迷糊中的王小北。他紧锁着眉，口水还顺着嘴和下巴往下流。

"我又出名了吧？"我问刘馨影，惟恐天下不乱的口气。

"还成，以前不认识你的人就不多。你在那边刚倒下，我就接了十几个电话。还有几个我根本不认识的。"刘馨影叹了气说。

7.7 不安分

如果没有张红一的事，那几天就放假回家了。但为了张红一的事，大家都推迟了行程。还好和漫长的暑假比，这几天不算什么。

王小北在我醒来的几个小时后也醒了过来，我让石头象征性地照顾了几下。刘馨影要伸手，被我制止了。

幺猴和吴山在医院住了三天才出来，很久没喝粥以外的东西。

王小北通知我，一个姓张的老师叫我到她宿舍去。

我不认识那个老师，很想过去看看她到底想劫财还是劫色。她教的那科我放弃了，给别的课程腾时间，但没想交了白卷也能得 90 多分。单身宿舍，意味着她不但未婚而且没有房子。张老师比我想的老很多，大概是可以做我长辈的年龄，还没结婚。看模样是的！难看！

她并不是很欢迎我，很直接地表达了她找我的用意。

大概是我的狗屎运，本市副市长的侄子和我同专业的，名字和我差不多。

她加分的时候把我俩搞混了。不过还好，那个小子也过了。

"你应该知道考试加分需要给老师意思意思吧。"她说得很直接。

我在她说完这句话以后就开始编造故事，故事中的男主角是一个家境贫寒而要强的小孩，在没有好的生活条件和教育环境的背景下，发奋图强地考上了理想的大学。我含着眼泪告诉她这个小孩就是我。

"哎！真可怜，以后有什么需要帮助的，和老师说。"

我给了她一个结实的拥抱。

走出教工宿舍的大门，我回头看了一眼，吐了口痰在台阶上。

"破学校，破老师！"我默念着。

连蹦带跳地回宿舍，满脑子都是刚才自己的精彩表演。

那样说会不会更好一点？我在心里一遍一遍地比画着。

第八章

8.1 病

一进寝室我就和石头撞了满怀，"你他娘的不长眼啊！"我骂他。

"来看你走没走。我送你！"石头看起来兴致不高。

"明天走。不用送了，和娘们一样。"我觉得送别是一件又伤感又恶心的事。

我厌恶分开，无论走的人是朋友还是自己。

石头挠了挠鸟巢状的脑袋，把话咽了回去。

我看见漫天飞起一团的头皮屑，交友不慎啊！

恰巧刘馨影打了电话来，石头识趣地回了自己寝室。

看了表，前不靠村后不着店、兔子不拉屎的点儿，出去玩有些晚了，在校内混又富余了。

我告诉刘馨影晚饭时见。我躺在床上，百无聊赖。

想起石头焦虑的眼神，直觉告诉我不只是离别那样简单。

"喂，你在哪呢？"石头接了电话。

"哈哈，老子在你隔壁！"我欢快地踹着墙。

石头在墙的另一边。

电话被扣死，石头一边骂一边走过来。

"兄弟，我可能得病了！性病！"石头在我耳边，说得特别小声。

8.2 选择

人的生命里都会经历很多次的选择，有的关于学校，有的关于爱情、专业、城市和工作。有人为了一次选择失去了所有，也有的人说，相信选择的都是最好的。

石头在后悔，后悔自己不够坚持。

"看好个妞，前凸后翘，长得那个过瘾。可她说啥都不让亲近，我就搞了旁边一个岁数大的。"石头说。

"你不戴套啊？"我憋了半天，找不到合适的词。对于没有经历过性的我，对性的认知停留在自慰的感觉上。

"戴了。"石头垂头丧气地。

"找个专业点的医院去看看吧。"我想起在广播里听到那些性病的广告。

"算了吧。忍忍也许能好呢！"石头想了一下，又摇了摇头。

我没得过性病，但多年青春痘的经验让我坚信忍忍是好不了的。

"我没钱了。"石头吞吞吐吐地。

"你的钱，我替你存着呢。我再给你凑点，前期差不多就够了。"我说。

我从一本书里，掏出了石头给过我的那些钱，又从自己的钱包里把整钱都拿出来，有接近两千的样子，一起递给了石头。

石头没想到，我从来不曾花过那些钱。他想表达什么，抿抿嘴，终于，什么都没说出口。

"你还够吗？"他问。

"明天回家了。我还有女朋友呢！"我拍着胸脯说。

我拽着石头去了本市最著名的性病门诊。

大夫是个很老的爷爷，胡子都很白很白了。看外边贴的是全国性学研究会的副主席还有一批民间组织的领导的名头的牌子。

前边排了三四个女人，都三十岁左右，都有点姿色。她们的眼神都带着很无奈的苦楚。

检查的房间和排队的地方只隔着一道门，门上是很大的暗花玻璃，看不清楚，也有个大致的轮廓。

那几个女人，排队进去，麻利地脱裤子。

其他的人都在这个时候别过了脸，石头也没有欣赏的心情。

只有我，全神贯注地看……

石头进去检查，我才把脸别过去。

我熟悉的叫声不时地从里面传来，嗷嗷的。那些女人咋没叫呢？

难道是下体被割了？真想进去瞅瞅。石头比那些女同志检查得要快很多，我想老爷爷一定摸得不够仔细。

他提着裤子出来，一脸痛苦。估计老爷爷下了重手。

石头说了些啥疹啥菌之类我当时没搞明白现在也不懂的专业术语，简单地说，他真的得性病了。

趁石头拿药的间隙，我溜进老爷爷办公的地方。两个凳子一张床，视线的范围里也没啥像样的医疗设备。难道这家伙完全靠手？

我一把揪住那老家伙的胡子，"爷爷，我那兄弟死不了吧。"我问。

"小问题，你告诉他以后要检点。"他答。

"我和他一起吃饭没啥事吧？"我又问。

"自己注意点，就没啥事。"他又答。

我听见石头在外边喊我，才想起和刘馨影还有约会。

石头要请我吃饭，我说你好好冷静冷静吧。石头也没客气。

我给刘馨影打了电话。钱全部给了石头，兜里的零钱都不够买一包烟。

"请我吃饭！"我故作轻松，在心里咒骂着石头。要不是他，老子怎么会混到让女朋友请吃饭的地步。

"啊，我没钱了。要不我借点请你？"电话那头她弱弱地回应。

"开玩笑的。一会儿找你去。"挂掉电话，心里满是惊诧。刘馨影家境不差，父母都在家乡的事业单位，她又是个节省的人，怎么可能在学期最后一天连请我吃饭的钱都没有？

8.3　养姑娘

还好吴山在寝室。

"借我点钱。"我故作镇定地说。

"一千够不？"吴山正在床上温习刚考过的课本，随手甩给我一打钱，不数，不问为什么。

我拿起来看了看，十多张。我肯定他都不知道扔过来多少。

"二百够了。"我抽出两张，其余的扔了回去。

他这才放下书抬起了头瞪我，激动地喊，"你客气啥？让你拿着你就都拿着！你是我弟。"

"哈，拿太多了我怕我还不上。"我笑着说。

"还个屁。我的都是你的！"吴山脾气一向好，可上了情绪就像个孩子。

我了解他为啥这么生气，我这个他最信任的人和他客气了。

"好好好。我花光了再回来找你要。现在我要和你弟妹亲嘴去了。"我还在笑着。

吴山听到亲嘴以后满脸通红。他和我见过的同龄人不同，完全不向往男女的事。

"你一个月花多少钱？"吃差不多了，我问刘馨影。

"二百，或者更少。"刘馨影答。

"二百？"我皱了下眉。我猜测刘馨影父母的月收入至少也在五千以上。

"那你家里给你多少？"我希望只是她懂事。

"二百啊。有时候三百俩月，过得挺好的……"刘馨影在算她的生活支出，我却一句都没听进去。

很多农村孩子的生活费也在一千以上，一直看到她的节省，现实还是让我意外了。

我很想问她是不是后爹啊？

8.4　孤单假期

刘馨影的生活费让我和她之间本来就不牢固的感情减了分。

即使没有见过她父母，我依然固执地确定，她父母的吝啬让我不愿意去接触。

真的要做一个抛弃别人的人吗？我反复地问自己，走在街上，眼泪会顺着脸流下来。

我想，决定之后，她的眼泪会比我多。还是拨通了她家的电话，我很礼貌地说是她的大学同学，问她一些关于假期作业的事。

"她不在！"她的妈妈狠狠地摔了我的电话。

此前对她父母的印象只是猜测中的个人想象，在电话被摔掉的刹那，我剩下的坚持，破碎了。

我依稀还记得分手的那天，是八月艳丽的日子，海风和太阳让整个城市明媚开朗。

从很多年前开始，它的海，它的气候，就这样性感地吸引着一批又一批的北方人来到这里。

他们抬高了房价，掠夺了资产，危机了就业，还鄙视这里的人。

当然，物竞天择、优胜劣汰，无可厚非。

城市是父母的家乡，父母在下乡时无聊地制造了我。在我的孩提时代就两地奔波，直到我十岁时，父母决定叶落归根才彻底回来。我从来都不觉得自己彻底属于这个城市，又好像不属于那个城市。

和刘馨影最后晚餐里，我编织着各种各样华丽的语言，想为我和她的分手找到充分的理由，终于我忍不住地哭了，像个做错事的孩子。

她摸着我的头，只是说："别哭了，弟。我又没怪你。"

我也听话地不哭，暗自庆幸她的包容和大度。

可我不曾想过，她在此后的日子里独自垂泪了几年，在十年之后还能背得出晚餐中我说的每一个字。

以后，我偷偷打听她的消息，知道她考上了名牌大学的研究生，找到了让人羡慕的工作，拥有富足安稳的归宿，我都高兴得手舞足蹈。

后来经历过很多女人，有喜欢的或者不喜欢的，都不觉得谁比她优秀很多。我从来也不否定我对她的喜欢，哪怕是现在。可她总让我感觉缺少了我必须要的东西。

8.5　实在不懂事

分手的假期是寂寞而灰暗的。

带着挂着的几门课程和对人生的更加困惑，上路。

回寝室先还吴山钱，我故意多给了一百。他也没看出来，大大咧咧地收下。我有点心疼，我的仗义就那么被他头都不抬地化解了。然后就是宣布单身了。

石头正在寝室里斗地主，传来的声音比以往还要嘹亮。

我估计他痊愈了，就窜了过去。

石头看见我，忙放下手里的扑克，一脸的歉意。他知道我是厌恶黄赌毒的。

"等哥赢了请你吃饭哈！黑马大厦！"他的表情里充满着憧憬。

黑马大厦是这个城市最贵的饭店，大学那四年我都没去过。大概也吃得起，却一直没有合适的机会。

我一直等石头赢了请我，可到了毕业也没等来。

"好了，花了老子一万多！"石头大声说着只有我和他才能听懂的话。

老茂在床上睡觉，眼睛半睁不闭的，看见我连眼皮都不眨。

"你大爷请你上网。"我朝他那脏脸吹气。哎，他比石头干净不到哪儿去了。近猪者黑啊！

我从来没见过他如此利索地起床、穿衣、下床，一气呵成。

站到我面前，他才想起来问：“铁哥，你不是耍我吧？”

“你说呢？”我反问他。

“整个学校都知道铁哥说一不二，就是女朋友换得快点。”老茂扭出了一身的妩媚来表达他对我的嫉妒，却碰到了我的痛处。

“你丫没事吧？”石头问我。

“没什么，失恋而已。”我说。

说完，就拽着正想抽自己的老茂下楼。我听见石头在身后一阵叹息。

“我是不是说错话了，铁子？”老茂很真诚地看着我。

“妈的，你哪儿那么多废话！”我不理他，走路。

老茂一直跟在后边。手机又响了，我下意识地以为是刘馨影。

“宝贝，回来了？”我说完才觉得很苦。

那边好久没有动静，“兄弟，你还好吧？”是吴山的声音。

“我当然好，哈。”我把口气调整得很轻松。

吴山还想说什么，又不知道怎么说，就挂了电话！

“吴山是个好人！”老茂肯定地说。

“当然。”吴山是我的骄傲。

“幺猴也是好人！你俩真的回不去了？”老茂总会问我一些别人不敢问的问题。

他就是那样的人，不懂事和实在之间的傻。

有时候，实在挺不懂事的。

“除非他和张红一分手吧，我觉得不太可能。”老茂的问题，我不是没有想过。

"一朵鲜花插牛粪上了！"老茂肯定地说。

8.6　男人还是女人

我那时很讨厌网络。外边的天总是很蓝，何苦要用键盘寻找虚拟的快乐？

当活的时间越来越难以打发，恢复自由的我决定献身到浩浩荡荡的网络之中。

事实证明，老茂是带我开启那扇门的良师。很快，我就知道了当时很流行的色情网站，还拥有了自己的 QQ 号。

第一次和陌生女孩聊天，很紧张。我用一根手指打字："你好。你多大了？你是哪儿的人？什么学校的？你喜欢读什么书？看什么电影？"

当我很想告诉她，希望能做很好的朋友，人家早就离开了，连再见也没有讲。

很多年以后，我再也不会问那些无聊的问题。

老茂说，没人搭理是因为我打字太慢。我又连续加了好几个女生，一个接一个地跑了。

我就索性改了名字——哀伤的粉色，然后手忙脚乱地面对全国各地男生的骚扰。他们会问："你好。你多大了？你是哪儿的人？什么学校的？你喜欢读什么书？看什么电影？"

他们不会嫌我慢，屁颠屁颠地等着我回答每一个问题。

就这样没用多久，我就可以轻松应付五六个男生，对他们的泡妞手法也了如指掌。可我还是习惯了用女人的身份逗那群傻瓜玩，直到他的出现。

我记得他是浙大的。我告诉他我被男朋友骗失身又被抛弃了，随时都能去卧轨。在他的再三追问下，我留了我班女寝的电话。我以为他不会打来。

过了没多久，王小北说女寝出了怪事，有个流氓天天打电话，挨个聊，非要找到个刚失恋的网友，女生那边都快报警了。

我找到了最近的网吧上网，在这个时间去网吧就意味着我要在那待一夜了。

打开 QQ，满眼都是他的留言。"我给你打电话了。哪个是你啊？是不是不方便接？你给我打电话好不好？希望你能坚强！"

"请相信我是和你一样善良的男孩子；请相信我每天都在祈祷好人一生平安；请相信我真的很想和你做好朋友；感谢你这段时间陪我聊天！"我回复着。从那以后，在网络里，对他的愧疚让我尽量坦白一切。

也是那天，收到杨鸿伶给我发的歌，周杰伦的《半岛铁盒》。

那首歌很悠扬，周杰伦的发音不清让我听了好多遍也没听清字面的意思。也许只是她喜欢听，就发给普通的同学。她是同时发给很多人的吧？

那时的我对于爱情，没有幻想。

8.7　花儿一样的男子

每个人都会有不同的美，那硬汉当道的时代，我喜欢把自己弄得妖艳妩媚。

那是属于男人的阴柔，风情万种，不代表不可以去冲锋！

可惜，我没达到想要的那种境界。刚满 20 岁的我常常穿着嫩黄的宽大衣服，翠绿的紧身裤子，骑着血红的自行车，在众目睽睽之下，绕着那个城市转圈。

我还总对着镜子怨恨自己的眼睛赖赖的没神彩，赶不上张国荣的清澈润婉。

还好，学校大部分都是农村孩子，他们相信这样的穿着就是他们无法理解的时尚了。

无论他们怎么想，都不打扰我的坦然。可是，我会觉得孤单。吴山的中规中矩，石头的五马六混都着实让我和他们在一起感到无聊。

十月份的那个城市，太阳毒得要榨干人身上的每一种液体。从外边玩回来，我都先去图书馆休整半个小时。姑娘们在安静的读书，又不经意地露出部分身体来——性感。

我流窜着寻找猎物。"苏铁！过来坐，这有位置！"我听见有人在喊。

"哎，我可不是在找座位啊！"我回过头，就看见她——艾军豪。

艾军豪是我同学，张红一寝室的，学习不错，但我一直坚信这学校的好学生比调皮的更废物。

我很不情愿地在她身边坐下。她不是美女，但也不难看，黑黑的，机灵中透着憨厚。

"你怎么不好好学习了？"她一本正经地问。

"我好好学了啊，学不好怎么办？"我心里想着她是不是闲大了。

"你撒谎。大一五门课你第一我第二。我哭了很久，恨你。我要超过你。我做到了，可一点都不爽，我没想到超过你是因为你的自暴自弃！"艾军豪一脸严肃的表情。

"你在学习上觉得超越我不过瘾，可以在生活中也追追试试。"我发誓那个时候已经忘了她说的一切，只记得有好几门她结业的课我还挂着！

我的言语激怒了她，她把话题转向敏感而尖锐的问题，"为张红一耽误自己的前途，值吗？在我心中，你配得上一百个张红一。"

怎么会才一百个？那个晚上，我和艾军豪讲了很多很多，一直讲到她哭。我知道我又多了一个朋友。

我却没有想到，她会是那个在考场里冒着危险给我传小抄的人，那个无论我有任何心事都可以找她倾诉的人，那个我离开大学时唯一送走我的女人。

艾军豪说，梅梅在图书馆的这个位置试图自杀过。她亲眼看见她拿着刀坐在那里，眼泪流满了整张桌子，不停地骂我，后来还是几个男生一起才把刀抢了下来。

我觉得梅梅应该要砍我的，那个丫头比她的男人更有勇气。

她的洒脱很适合做情人，我却把她扒个精光而没有占有。

第九章

9.1　错

那段日子，幺猴和我说话了，通常我说了十句，才能换来他一句的应付，声音又小得几乎听不清，却足以让我觉得幸福。

一个早上，寝室里来了个推销的。这样的事不稀奇。

外边卖二十多的海飞丝，他只卖十块，说是内部偷出来的，多买还有优惠。

幺猴试用了觉得好，就想买了出去卖。赚钱不是目的，大三了，好歹也不能连和陌生人说话都脸红吧。

一件是一百个，幺猴包不了那么多。王小北和大个在旁边喊着加油，干跺脚也不拿钱来。

"你能拿多少？剩下的我包了。"一群傻子，打扰老子睡觉。

幺猴犹豫了一下，开始数货。我把钱包递给他，继续睡。

石头打了电话。这小子学了和我一样的臭毛病，刚才还听见他说话，一转眼就电话联系。

"兄弟，你别买。我觉得有假！要不不能那么便宜！"石头在那边小声说。

挂了电话，我发了个短信回去，"收到。好久没和幺猴做兄弟了。"

我没想到我的人缘会那么好，一百瓶洗发水转眼就被消化了一半，大部分是专业内的女生买去的。听说艾军豪和杨鸿伶出了不少力。

下午，我和幺猴推着自行车，在这个城市的三所大学游荡。

推销不是一个好职业。礼貌的告诉你不要，不礼貌的直接让你滚，还要防备着随时可能会出现的保安门卫。

我从来没一次受那么多的委屈，但艳遇也不少。医学院成教有个屋子，推门进去，三对只穿胸罩和内裤的情侣正在各自的床上。师范学院一个妹子正在换衣服，可惜只看到了她的背面，除了白点和我的也差不多。

终于可以和幺猴一句接一句地说话了。我后悔揽这烂摊子，和他完全没了当初的默契。

回到寝室，石头急匆匆地叫我。

"我买了两瓶，直接全倒出来了，下边的和上边的颜色都不一样！"石头着急得都快哭了，他得性病都没这么着急。

我给艾军豪打了电话，让她帮着把钱都退回去。

9.2　闹剧

大个和幺猴交好以后就动不动往我们寝室跑，和王小北也打得火热。

在他看来，他们寝室的老茂和石头都是非主流，根本无法承载他伟大的人生理想，哪怕连听的资格都没有。

事实上，老茂和石头也真的不爱听。

大学是一部分人喜欢谈论理想的地方。有段日子，关灯以后，他们三个都会聚在桌子前面，喝着啤酒点着蜡烛谈理想，谈过去和将来。

我和幺猴说过："周围的人分三种，喜欢你，对你无所求；喜欢你，对你有所求；不喜欢你的。你周围第二种人太多。"

幺猴听了，也不说话。

大个的过往在他看来很精彩，在我眼中只是闹剧。

先从他哥说起。媒婆把原本不认识的他哥和他嫂子撮合在一起。在彩礼的问题上你来我往地斤斤计较后，他嫂子就嫁去他哥家。他嫂子是个很剽悍的泼妇，他哥是个文静的帅小伙。

他嫂子不好好过日子，天天打压着她的男人。

他哥为了证明自己不是花的人，亲手切断了自己的一根手指。

可他嫂子还是走了，开着他哥的摩托走了，还拿光了所有能拿走的钱。

周围人的经历对大个应该有潜移默化的影响。在我看来，大个很少真正实在地有所作为。

大个经历过一场爱情，那个丫头也算在本专业比较排得上的漂亮人儿了。

军训刚结束，她就把他找到了北操场。大个说那个晚上很黑，黑得看不清楚对方的表情。

"你做我男朋友好吗？"她问。

大个说他当时就像中了五百万的彩票，他很想努力看清她的眼神来分辨是不是玩笑，可惜他看不清楚。

所以，他想多了，就如他平时一样，想的太多却忘记了行动。

所以他在后悔，他在喝酒，他在哭。

她走了，头也不回。他的冷漠伤害了她的自尊。

他想了半个月才决定去找她，找到她的时候，她正和别的男人手牵着手走在一起。

大个又喝了一口酒，这个故事，我听过很多次。

也许是那个丫头给了大个自信，有一次大个喝了很多，说喜欢杨鸿伶，立刻得到了王小北和幺猴的强烈支持。这样的支持让大个觉得飘飘然了，仿佛他和杨鸿伶就是传说中的金童玉女。

我闭上眼，看到又一场悲剧就这样上演。

我一直讨厌王小北。他会让别的男人追他追过的女人，他明明看得到结果，还那样真诚地去支持。

而幺猴，对于爱情太单纯。他只相信感觉。

9.3　雷雷雷

我现在很累，工作操劳，思想疲惫，不停歇地被各种开会洗脑、被培训、被考试。上司一个小小的屁都会熏得我几个月五脏六腑直翻滚。我不得不暂时脱离我的哀伤情绪去寻找一些乐趣。

那些乐趣，可能是真实的别人的哀伤。请上帝原谅卑微的我如此不高尚。

也是那阵子，系里最操蛋的男生的母亲搬到学校附近住，一直到大四毕业。

那男生吃喝嫖赌骗，真可惜了那副皮囊。他父亲是个警察，早年有外遇和他母亲离婚了。

他管他继父要两千块钱泡妞，未遂，就把他继父打骨折了。

他还偷过我的手机，被保卫处抓住，在操场上给我跪了五分钟。当时就我俩人，我也承诺不和别人说。他母亲的到来，和这件事有关。

他毕业后就去了深圳，会在校友录上传一些宛若天仙的女子和一些他开的跑车，那都是他占有过的东西。

他有这个能力，从大一起就有很多美丽温柔的女子心甘情愿地为他宽衣解带。

我鄙视那个男人，却也不同情那些女人，都是没有道德观念的人，很难说谁更恶劣。

一个学姐这样评价过我俩，"一个，看见了让人颤栗；一个，想起来，就毛骨悚然。"

我是后者。我为了这样的"倚天屠龙"委屈了好久。梅梅和刘馨影是公认的系花,信息系的准校花张秀秀为我写了两年的日记,也传得沸沸扬扬。

跑偏了,继续扯那个男生。

几天前寝室聚会,我不经意谈及此事,说到他,说到他的母亲,感慨天下父母心!

已经是老总的吴山说:"铁子,你还记得小白吗?"

我记得小白,和那男生一个寝室的,老实人。

"小白和他这室友的妈处了两年,别说你不知道?"吴山的语调有些怪。

天!那年,他妈已经接近五十了,而小白不到二十岁!我发自内心地佩服小白兄弟的勇气。

9.4 难念的经

家家都有难念的经,无论外表有多鲜活,背后总有苦楚。

石头的父亲也是个警察,在警察都在为人民服务的年代下海跟着石头妈摆摊卖水果。后来,警察的地位显著提高,卖水果的却沦落为"下等人"。老爷子一气之下得了癌症,还好发现得早。石头的性格顽皮中不乏正义之气,大概和这样的家庭背景有关。

我没想过石头会和大海分手。或许是初次遇见大海时的感动，我喜欢她，她平静柔和，坚韧真实。

大海每个月会来我们学校一次，除了给石头洗衣服外，也捎带着洗我的衣服。我很少在寝室，所以无法制止。她会记得我的阴历生日，给我邮礼物。

有一次我们三个一起吃饭，我要买烟，石头执意让她去买。她并不熟悉周围，来回走了半个小时。石头告诉我，那是她流产的第三天，孩子四个月了，男孩。

大海是我的生命里，唯一让我觉得是嫂子的人。她有遗传性的胃肠疾病，很严重，手术治疗的费用几十万。

石头平常很少抽烟，他抽烟的样子很吓人，一根接一根地抽好多盒。手术费就像一座庞大的山无时无刻不在压着他。

石头在背负，他的父亲，他的女人。他总是乐呵呵的，他依然找着小姐。

因为懂得他的哀伤，在他们分手的日子，我没怪石头。

9.5　石头的分手

石头的分手和一个女人有关。

如今他俩早已结婚。作为石头的哥们，我从没有正眼看过那女人。能为大海嫂子做的，只有这些了。

我在反思自己是不是伪善的。在这本小说里的年代，我的精神都是只和精神有关的。嫂子嫁了据说很富有很爱她的老公，石头毕业十年之后依然没有五十万，连个零头都没有。但这并不意味着，当初的分手是对的。

石头是校办网吧的主管，在一次网吧的爬山活动里，他喝多了，半梦半醒中，一个女孩爬上了他的床。

石头不久后领那女孩见我，我把头扭向一边："贱人，你他妈的给老子滚远点。"

她让我觉得恶心。虽然她不出现，大海也许大概差不多也做不了我真正的嫂子。

大海给石头的最后一封信，是整整五页的血书。我没看内容就被纸后边的五个大字吓到了："老公，我爱你"。

9.6 爱情是个屁

大海的遭遇深深刺痛了我的心。我开始明白，爱情不是一切，也不能解决一切。没有一切，爱情屁都不是。

有个晚上，风很大，大个和幺猴又在谈搞定杨鸿伶的计划。大个追杨鸿伶的事被他自己搞得沸沸扬扬。我觉得无聊，就离开了寝室楼，亲眼看着看门大爷把门锁上。

那响声让我觉得很孤单，很脆弱，很想回去，虽然那里也不是我的归宿。

她就这样降落到我身边，从对面女寝的二楼跳下来。

"烧烤去。"她拍了拍我的肩膀，我就下意识地服从，跟在她后边。

"真巧！"她笑着看我。

艾军豪说过，我和她是一类人，神经病一样。

对于她，我是甘拜下风的。我是从寝室走出来的，而她是跳下来的。

整个专业的女生，也只有她能做到。那乳房和臀，肥硕却不带着一丝赘肉，我似乎从她的发梢里闻出大自然里才有的味道。和这样的女人做情人，会抓不住她的，除非她甘心臣服。而她的臣服对她的对手来说也是被动地接受她的恩赐。她喜欢上你，可能仅仅是你的某个缺点恰恰迎合了她的口味。

我常常在梦里见到她，在那虚幻的思想里，我和她疯狂地做爱。这是我的秘密。

吃！吃这个城市最有名的烧烤。

我想说什么，又没什么可说的。偶尔用眼神碰撞一下，我和她都很尴尬。

9.7　每段爱情都一样

青春浮躁的岁月，总能经历一些类似的情感。

当我下意识地以为不可能一辈子只亲吻一抹唇彩的时候，我的内心是哀伤的。这哀伤让我在一种悲愤的情绪下变得放纵。

我有过几次短暂的恋爱，一个刚牵手就哭了，我赶紧屁滚尿流地撤退了。还有一个比我大六岁的博士，网恋。

我来讲一个很不一样的故事，吴山的爱情。

第十章

10.1　殇

我猜想，那是阴雨霏霏的日子。吴山放学了，打起伞，看看外边的天。

那时候的他，一定不知道未来的路如何行走。

在路边的屋檐下，他看到了个躲雨的女生。吴山犹豫了一下，还是咬了下嘴，走过去。

"我送你回家吧。"吴山说。

"你滚，臭流氓！"对方是这样回应的。她不漂亮，甚至是丑得有点夸张。每个丑女人都更害怕流氓。

他愣住了，没有人这样形容过他。

他把伞递给她，"你自己回家吧。"

那个女生拿了伞，走了，留下吴山一个人在雨中发呆。

后来吴山在学校里又见过那个女生，她把伞还回来，他们顺理成章地成了朋友。只是朋友。

那个女生就是阳阳。

10.2　阳阳

阳阳很火辣，却不阳光。她的父亲抛弃了她的母亲，她就和母亲相依为命。

我后来鄙视她，却不是深的怨恨，和对她的同情有直接的关系。

阳阳上了大学，就找了男人同居，被搞得体无完肤，被打着和骂着。

她会给吴山发一个短信，吴山再打长途回去，听她几个小时的诉苦。在她心情好了以后，去一张存在于我和吴山概念中的床上，各种各样的淫荡，各种各样的姿势，各种各样的喊叫。

我理解她的郁闷，但我不理解，为何一个男人犯错要另外一个男人承担，她只是发一个短信吴山就要承担巨额的电话费。

一个极其贫穷、孤僻、下贱、不要强、暴躁而极端的女人印记，就这样刻画在我的脑海里。

吴山给我看她照片的一瞬间，我的第一反应是，男人怎么会看上这样的女人？

没过多久，阳阳的男人为了对后代负责，把她抛弃了。我想这是他一辈子最英明的决定了。

阳阳总管吴山要钱。我知道其中很大一部分贡献给了她和那个男人的避孕设施和开房费，还有给那个男人买衣服以及抽她用的皮带。吴山，从来都不说不。

我真的很讨厌那个女人。我的讨厌情绪并没有感染到吴山，时间让吴山习惯了阳阳的一切。我想他在阳阳身上，找到了一个男人可以对别人保护和包容的快感。当吴山告诉我他喜欢阳阳，我差点把一嘴的可乐喷到他脸上。我使劲地摸他的头，想看他是发烧还是脑子有病啊？！

更让我崩溃的是，吴山说他被阳阳拒绝了，理由是，阳阳觉得他配不上她。

我和吴山说，我要帮他。吴山信了。我就这样得到了阳阳的 QQ 号。

我和阳阳说："我是苏铁。"

阳阳说："久仰了。吴山说过，苏铁是他最好的朋友！"

我听到这句话就再也抑制不住情绪了，原本还纠结要不要把侮辱搞得艺术点，结果有生之年我从未对女人如此失礼过，我几乎罗列出听过的所有恶毒词汇，把诸如婊子之类的称谓全部堆加在阳阳身上。

她该滚得很远了，我想。

第二天，吴山问我都说啥了。我笑而不语。

吴山说："铁子是最厉害的。她答应了！她还让我谢谢你呢，让她明白了很多事。"

10.3　真朋友

倒霉了打飞机都能得性病。

我在学校附近的菜市场乱逛，一个路过的大叔和我擦肩而过时被我的钥匙划了一下。他当场休克，浑身痉挛，口吐白沫。

我送他进了医院，留下了身上所有的钱。

我觉得是仁至义尽了。这样的事，和主动学雷锋不一样，别扭。

刚到寝室，警车也跟着来了。真佩服人民警察的办事效率，没有手铐，多少让我有些遗憾。

"给我一支烟好吗？"我微笑着问那个最大的警察。

"你不害怕吗？"他问我。

"钥匙是学校发的，是他撞我。"我继续笑。

可能是个小案子，他记了点什么，叫我去签字，我看都没看就签了。

警察瞥了我一眼，脸上露出了些许赞许。

"你毕业以后到我们这来吧？"他问。

"好。"我答应的很爽快。

我在警察局里玩够了才出来，在门口，我看见幺猴。

他看到我，想离开，还是走了过来。

"没事吧？"他问我。

"我更出名了。"我咧嘴说。

晚上，石头给我压惊。

"用不用找人揍那小子一顿？"这半年，石头的路子很野，黑白两道都有不少朋友，说话也越来越有底气，只是在我眼前依然一副瘪三的样子。

"你脑子有病啊，还嫌我不够倒霉？"我讨厌用武力解决问题。社会上总有些人，命贱就以为是无敌了。

"幺猴急得都不行了，打了好几个电话想把你弄出来。你和他，还是兄弟！"石头语重心长地说。

"我看见了。"我说。

心中有某一处火苗，又亮了起来。

10.4　笑傲江湖

我独自坐在学校剧场的角落里，冷冷地看着台上欢快的演出。

我喜欢令狐冲，喜欢他外表的放纵不羁，骨子里又是传统的模样。男孩长大的过程里都会遇到这样一个女孩，你很喜欢她，她喜欢一个对她不好，又什么都不如你的人。这也许是真实，也许是嫉妒。

可惜我没有武功，更没有令狐冲的任盈盈和岳灵珊。

那天，我遇见了花小弟，我赞叹这个在千人关注中绽放的女孩。花小弟是个你想不认识都很难的女孩。假使学校也是江湖，杨鸿伶是仙教的白衣圣女，花小弟注定是邪教的混世魔头。

花小弟和我同在管院的不同专业，传说是某房地产商的小女儿，也是工商管理系的系花和团书记。

张红一刚入学就和我说过，她看过一些女生，坐在铺上，萎靡着身体，抽着烟，拎着酒瓶子喊："花小弟，我要杀了你。"

这样的喊声从那时候到现在就没停过，喊的人换了好几拨，和她谈恋爱几乎变成了平时开玩笑对别人的诅咒。

江湖上还说，很多"侠士"愿意只是为了追求她，也要和心爱的女人分手。

演出的结局，花小弟拉着那个"令狐冲"的手，笑傲江湖。现实中的花小弟，何尝不是如此呢？

我一直以为，花小弟的追随者是为了钱而死心塌地。这个世界上，不劳而获的路本来就不多，找个有钱的伴侣无疑是其中最省心的方法。

我接受好运气的人，只要别得便宜卖乖，干着妓女一样的勾当还装成淑女一样的做派。这样的人，我周围并非没有。

我们专业有个女生父母是党校的干部，有钱。她包养一个男人四年，提供吃、穿、学杂费、房租以及所有你能想到或者想不到的。有一次，女生送了一个1998年世界杯法国全队的签名足球给男生做生日礼物，男生愤怒地把球摔在地上。这样的礼物，在他眼里太不实惠。还有一次，系里收四块钱，收到他那，他就大声嚷嚷："等她来了一起交。"女生来了，他又骂她来晚了。

在鄙视他的问题上，全专业是达成共识的，他们寝室的人出去也觉得抬不起头来。

那个女生毕业就去了美国，男生没有去。

中国有句俗语叫"黑吃黑",是让正义之士大快人心的事。不损一兵一卒,就看到敌人的破败。

王小北开过我的玩笑,"有一天你和花小弟在一起了,谁会死在谁的手里呢?"

看着他那样地笑,我无动于衷。我和他的关系冷得如冰般寒,寒到我不会在乎他说的话。

他在很多人面前怀疑过我的人品,这些,我是知道的。我很好奇让他觉得羞耻的我,怎么可以让他死皮赖脸地缠着?

不是朋友,为什么不能漠视彼此?非要分个你死我活?

和艾军豪吃饭提起花小弟,她紧张地绷着脸,咬出几个字来:"你别碰她。"

"人家也许没有那么坏!我也没有那么坏啊!爱背地里埋汰别人的人眼里的坏人也许是好人呢!"我传导着我的处事哲学。

艾军豪点了点头。

我不喜欢花小弟,也不厌恶。相比她的光芒四射,我更喜欢低调地活,忧伤还优雅地在暗暗的地方生长。

10.5　喜欢的人有几个?

我喜欢过很多人,比如杨鸿伶,比如张秀秀。

那一年,某某某在学校的某面墙上大笔挥就地写满了"我爱张秀秀"，这美人胚子才被人关注。很多人说她比杨鸿伶更美。

不知道是谁偷看了她的日记，要不是那个人，我也没那么多非分之想。

我希望那是玩笑，以讹传讹的夸张能把壁虎放大成恐龙大小。我有时会被那些传闻弄得意乱情迷，甚至分不清谁暗恋谁。

我相信传闻可能是真的。有几次在食堂窥视她，总能被她直勾勾的眼神弄得脸红心跳。那眼神要穿透我的衣服，扎进我的肉体。

独自在寝室，我会想起张秀秀俊俏的脸，我会抑制不住自己的情绪，却还是靠手解决。

身边的处男一个接一个地倒下，幺猴、吴山、王小北。

我还没有找到那个人。

10.6　等待那一天吗？

当时我有女朋友的，她叫阿匪。阿匪不是她的真名，她叫阿菲或者阿斐之类的。阿匪这个名字很适合她，她身上有土匪才有的不讲理。

阿匪是石头介绍我认识的，我真的把她当成个小混子了，她穿着比较暴露的衣服。

石头说她是个尤物。我坐在她边上，霸道地牵了她的手。她在反抗，不是做作地挣扎，那样大的力量从我抓住她的手就没停止过。

我吻了她，在很多人面前。

阿匪饭后要带我去她住的地方，我犹豫了一下，选择了去。

对一个没有理想的人来说，活着的意义不就在于挥霍吗？

阿匪的房子在很破败的区域里，七拐八拐地走很多个胡同才到。

那些胡同，是中国最底层居民生活的缩影。一盆盆尿就那样泼在地上，伴着吆喝和咒骂的声音污染着世界。

阿匪的家很干净，粉色的背景墙下面，每个物件都有最天真的样子。我看见有洗好挂在外边的胸罩，很大。

"我看起来不像好人吧？"阿匪随手翻出两个小本给我看，一个本里夹着她的身份证，看她的生日，不到十六岁。另外一个是张大学的毕业证。那个学校近些年录取的分数比北大还高一些。

我被震撼着。

阿匪是那种可以把话说在你问之前的女生，"我爸是当兵的，我总转学，我爸干脆就找人给我长期补课。我小学读了三年，初中读了两年，十四岁就上了大学。"阿匪说得很平静，带点小骄傲。

"读一年就能毕业？"我把眼光从她的胸前移开。15岁，她还是个孩子。

"我的大学是两个人一个寝室。她是很漂亮的南方人，迷人，很照顾我。"阿匪打开了她回忆的门。

"总有人欺负她，有几个是高年级的，嫉妒她漂亮吧。有几次她们把脏水都泼到门口了，还骂她狐狸精。"阿匪愤愤地说着。

"我打了她们，一群婊子！"阿匪恶狠狠地说。

"晚上，她上了我床。"阿匪看了看我，很为难地不知道该怎么形容。

这样的事，在我眼中不算稀奇。我们专业也有几对疑似的。

"我打了她，我脑子很乱。"阿匪哭了。

"然后，她就出去，跳湖了。"阿匪说完，擦了擦眼泪，抬头看我。

我不知道该回应什么。

"我和学校协商了一下，给了我毕业证。"阿匪叹了口气。

"你考虑清楚，我是你想要找的人么？也许有一天，我会爱上你的。你愿陪我等待那一天么？"

那个晚上，我很老实。

10.7　为了玩而等待

那天，我以为她含蓄地拒绝了我。多年以后，我觉得可能是错过了什么。

我和阿匪的关系很奇怪。一个月都见不了一次，见面也不会亲吻和拥抱，只是手拉手走路。

两个忘记如何去爱的人，给对方安慰。

阿匪对我说，我找到了自己要的人，就可以放开她的手。

第十一章

11.1 满

我遇见过一个又一个女人，和她们友情有余，爱情未满。在错乱的环境下，热烈地拥抱和亲吻，清醒后还是找不到心动的感觉。

那原本美丽的友情味道，却腐败在另一个时空里，被怀念和嘲笑着。

11.2 考研

大三，有很多人开始考虑出路。招聘会上"某某大学免进"的牌子让人想起悲愤的年代里"华人与狗"的羞耻。

20 世纪最后几年开始的扩招和社会需求的不复杂，导致天之骄子的严重贬值，不再是父母以外的其他人眼中的太阳，除非父母是当大官的。

我们学校比很差的大学好不了多少，很多壮士选择了用考研来改变自己的人生轨迹。他们或没能力找到好的工作，或对自己的本科大学比较鄙视。许多选择考研的人是以弱者的姿态去选择的这条路。

我从来没想过考研。我的学业在高考那天一起结束了。

宿舍楼下的板报上，很大的字写着"学校出租考研寝室"。

那个楼是学校最破的建筑，没人住就空了下来。那是很多人眼里适合学习的净土。一群傻瓜坚守在那个阵地上，学古人做着头悬梁、锥刺股的事。他们固执地以为，忍受艰苦和变态就能变成英雄。

我在辅导员办公室说："我要订个考研寝室。"

我不想熬夜看二人转被查寝的抓到，花一百五买个安全还可能多认识几个朋友，值得。

辅导员们正在打扑克。辅导员对我们比大一大二时客气很多，她放下牌，从抽屉里拿了一张申请表递给我。

一个戴眼镜的管教学的系副主任见鬼一样，"苏铁，你不是出国了吗？"他问我。

"哈，美国不好玩。我又回来了。"我说。

很快，我拿到了钥匙。

11.3　书呆子

我得意地踹开考研寝室的门，屋子里的人抬头看我。

呵，好厚的镜片。这家伙的样子体现着中国传统审美对书呆子的一切定义，文静内敛中透着呆板和傲慢。

"我是苏铁。"我笑着伸出了手。

他是认识我的，他在痛苦地呲牙。

"你把门踹坏了，去修好它！"书呆子面无表情地命令我。

我把悬在空中的手放下，心里默默地诅咒这个书呆子："在这里做着做不出来的龌龊学问，他怎么不去死啊！"

我想说门原本是好的，一脚也踹不坏，却发现人家早低了头，继续看他的书，根本就没理我的想法。

那是编程方面的书，书上有他的名字，佟志平。

我听说过这个人。这里的人大都半死不活的，稍微有点特点的就容易让人知道。我搜刮着这些年关于他的记忆。佟志平，出身于省会"农村资产阶级家庭"，性格古怪，有漂亮的女朋友，张秀秀的同班同学，计算机编程很厉害。

11.4　新的寝室

我又认识了考研寝室的其他两个人，数学系的阿莲和小鹏。他们以前的寝室楼在学校的某个死角里，如同一个庙宇。

那楼后面就是去动物园的捷径，有一次我在那跳墙崴了脚，就再也没从那走过。

阿莲和佟志平是老乡，学校里大都是本省的学生，对老乡的概念一直很淡化。

我隐约觉得阿莲不是啥好人，长得像个偷鸡摸狗的大胖鼠，不开阔的肥。

小鹏长得很帅，慈眉善目的，过去就和阿莲上下铺。

他们平时都不怎么讲话。考研的路上，大家都是孤独的。

我抽空对他们表态，不考研，也一定不会打扰他们学习。我为了解闷准备好了全套的古龙小说。

"不考研为啥要来？"阿莲一边吃面一边问我。

"怕找小姐不回来被学校抓了。"我答。

阿莲很理解地点点头，我想能这样的冷静只有嫖客才能做到。

佟志平在不远处恶狠狠地发了点声音出来。那是在骂我！这小子，还算有点骨气。

阿莲和小鹏有事，饭后回以前寝室住了，我喜欢新鲜而留了下来。

那个晚上，我和佟志平从小龙女说起，侃了一晚上武侠小说。

"你怎么会考到这里来的？"他的思维是和学校里的人格格不入的，况且他很努力。

"说来话长，以后告诉你！"佟志平很快进入了梦乡。他学了一天，累了。

我看了眼手机上的时间，凌晨 5 点。

相见恨晚，至少我这样想。

11.5　小鸟依的人

第二天午后才醒来，余光看见佟志平头枕在一个女人腿上，小鸟依人般被摆弄着。

我别开脸，不想打扰那段温馨。

"他醒了吧，老公？"那声音纯净而甜美的柔软。

我抬起头，就看到一双会笑的弯眼睛。

我见过她很多次了，她和张秀秀常在一起。她是让我赞叹的漂亮人儿，婴孩一样的皮肤，天真的眼神总闪烁出快乐的光，小而上翘的嘴巴。唯一美中不足的，她高高的鼻梁很大气，并不适合她精致的脸。

"老公，我可以自我介绍吗？"她小声地征求佟志平的看法，像个臣子永远服从她的国王。

"当然。你个傻孩子！"佟志平的声音很高亢。

"我叫宋聪聪，我老公说，你是个好人。"后边的一句是她自作主张加上去的。

"我是……"我的回应很快就被宋聪聪打断了。

"得得得，苏铁。我都认识你好几年了，全校有名的花萝卜。我家平平都认识你，谁会不知道你啊！"宋聪聪说完才觉得自己说错了话，就吐了吐舌头，再次纯净而甜美柔软地说："我老公说你是好人，你就一定是好人了。别人说你啥，你别在意。"

真是个直爽而单纯的姑娘，我一时不知道该说什么。

宋聪聪求救地看着佟志平，她以为我的不语是生气了。

佟志平看看她，又指着我，大声喊："苏铁，我在这个学校唯一的朋友。"

他那样放肆而直接地表达，丝毫不顾及在旁边的阿莲和小鹏。

11.6 小鸟依人的鸟

和佟志平的关系越来越好，那阵子生活的内容简单到只剩下跟他谈人生和看古龙的小说。

乐不思蜀的我几个星期也不回寝室一次，只是偶尔给吴山或者艾军豪打个电话。

有一天，我俩正在寝室里互相吹捧，有个家伙没敲门就进来，是找佟志平的。

看佟志平的表情就知道这家伙是他讨厌的。

"老二，给我二百块钱！"那家伙说。

佟志平没吭声。

"就二百，你磨叽什么呢？"那家伙不耐烦了。

我从没见过这么借钱的。

"你上次要的五百还没还，我也不要了，不过你以后别再找我了。"佟志平说。

"你不想我把你和宋聪聪去开房的事告诉老师吧？好歹一个寝室的！"这家伙一副很慈悲的样子。

也该他倒霉，我正看到李寻欢被人抢了老婆，攒了一肚子惆怅。我的书，变成了一把飞刀，结实地呼在他脸上。

那家伙应声倒地，捂着脸，作痛苦状。

"别装啊，没其他的事快滚！"我又在他的屁股上踹了几脚。

那家伙也听话，爬起来撅腚就往外跑。

"我是苏铁，宝贝你看清楚没？！"我对着他喊。

11.7　小鸟依人的鸟人

"早想揍他一顿了，一直怕脏了我的手。那个混蛋！"佟治平愤愤地说。

"你的意思，我的手不怕脏怎地？"我坏坏地和他开着玩笑。

"没。"他没想好如何接我的话，皱着眉头想了半天。

"你个坏蛋！不过我喜欢你的坏！"佟治平又一次赤裸地表白。

"我一直都很瞧不起他们，愚蠢还下贱。我第一次高考考到辽大，我想考上海那边的大学就复读了。第二次高考的前几天，我踢球摔得左手骨折了。要不，我怎么会来这个学校，和这群垃圾在一起！当然，这群垃圾不包括你！"佟志平倾诉着他不堪回首的往事。他的父亲是个很脱俗的人，不参与兄弟间的权钱勾结，干脆和家族绝了交。自己开了个养鸡场，也有一年几十万的收入，但还是家族里最没出息的人。他的父亲把希望都寄托在他身上，希望他光耀门楣。佟志平却成了他那辈中唯一没考上名牌大学的人，也难怪他总是郁郁寡欢。

"在哪儿不能看书啊！我就是不爱和那群垃圾一起住！"佟志平说。

他还想继续说下去，门又开了，进来的是宋聪聪。

"听说那谁被打了，正在寝室骂呢！老公，是你打的吗？"宋聪聪的声音依旧柔软却兴奋，她等待这一天很久了。

我没心思理会他俩的腻歪，找了个理由出去，独自往信息系的寝室冲。

石头最近和学校高层打得火热。小卖铺大妈最疼我了，她老公是教务处的主任。幺猴在这个城市有黑社会背景。吴山也说过，有一天我进去了，倾家荡产也把我弄出来。

和佟治平不同，在这里我有太多的朋友。我踹开了那个寝室的门，一群人在，没有刚才那个家伙。

"我是苏铁。告诉那个小子，再得瑟，老子见他一次打他一次！"我随手摔了几个暖瓶，扬长而去。

走出那个寝室的门，我觉得，自己就是鸟人。

第十二章

12.1 疼

宋聪聪的父亲是省会某个工业类研究所的所长，虽是清水衙门但也小康有余。

她的单纯是天性，无忧无虑，有点小自私，不坏。

宋聪聪和每个恋爱中的女人一样，满脑子都是她的男人。

我以为她能主动和我提张秀秀的事，暗示了几次她也不说什么。

我只能用最直接的方式问了，"张秀秀那个人怎么样？"姐，这次你该懂了吧。

宋聪聪张大了嘴，很努力地把弯的眼睛瞪成圆形，使劲看着我。

"啊，你不认识她？"宋聪聪疑惑地问。

我差点被她气得晕过去，认识还问你干嘛？

佟治平把话接了过去，"以为你俩处过呢，就没提。你俩真没啥啊？"

"没啥。听说她喜欢我，真的？"我虔诚地怕错过了好姻缘。

"是真的，我看过她给你写的日记。好几本，好肉麻，还说非你不嫁呢！"宋聪聪害臊地低下头，又很快抬起来，"你可别和别人说哈。尤其是别说我偷看她的日记了。"

"张秀秀除了皮囊好，没啥好地方了。多亏你没要她，要不就算玩都糟贱自己。兄弟，给你讲一件事吧。张秀秀家是农村的，还有个妹妹。她妹没考上高中，家里找人弄了个自费的，一年一万多那种学校。张秀秀在电话里把她父母给骂了，非让她妹不念了，让她嫁人或者种地！"佟志平说。

"张秀秀可脏了，内裤一个星期都不洗一次脏兮兮的就往我床上爬！害得我天天洗被单！"宋聪聪在旁边附和着。

他俩你一言我一语地说着，佟治平关注的是精神，宋聪聪表达的是外在。

当他们说完前两条以后，后边的话都不重要了。我厌恶也害怕连亲情都不顾的女人，更受不了女人的脏。

心中一个美丽的梦被击碎了，有点疼。

12.2　茫然

在我看来宋聪聪是如此可人的女子，佟治平却不真的那么以为。或许开始也是有感觉的，只是那种情绪随着时间的推移成了彻底的亲情。

宋聪聪的粗枝大叶注定无法触及佟志平敏感的内心世界。

宋聪聪，是属于这个学校的人。而佟治平，几乎排斥这个学校里的一切。

我对佟治平讲起我经历过的种种情感，他眼中闪烁出的光是那样的不安定。

我问过他想找什么样的女人，他描述的样子也和宋聪聪差不多。这是很矛盾的事。人总是幻想一处皈依的地儿，却不问自己是不是最后的自己。

佟治平和宋聪聪的爱情很简单。大一时她是专业里比张秀秀更漂亮的姑娘，他是专业里最外路的男生。

宋聪聪偏偏喜欢他，认定这个男人将来会有出息，死缠烂打地追。

为了证明自己，为了那点或许有的淡淡的喜欢，佟治平在宋聪聪的攻势下缴了他的枪。宋聪聪的身体是她送给佟治平的生日礼物，那一天，佟治平二十岁。

佟治平会说遗憾，也还坚定地说，他们一定会结婚！他见过了宋聪聪的父母，他们对他的印象还好。

他想考研，去他本科就想考的学校，彻底甩掉这所他觉得肮脏的大学。说到明天，我和他都一脸茫然。佟治平胆子小，做事瞻前顾后，决定以后又不懂变通。

他的优势在于他的专注和父母创造的还算富足的生活，让他有资格争取梦想的生活。

我曾笑着和他说，为什么非要考研呢？从这学校大门出去，抛弃一切，就可以从头再来。他很在乎我说过的话，有些会记在本子上。

12.3　莲传奇

毕业很多年后看当年大学里的人，很多当时以为将来会混得好的人正在唯唯诺诺地活，很多当初不被看好的人却过得不错。

阿莲当初对于我来说是个传奇。那阵子他早出晚归，过了好久我才知道原来他是去了网吧。

在寝室的时候，阿莲也远没有小鹏用功。小鹏有女朋友，比我们大一届，去年考上了北京那边的研究生。

小鹏觉得自己是本科的学历，没办法接受人家。

有几次我和小鹏单独在寝室，他提起阿莲都想说什么，却欲言又止。

纸里是包不住火的。从各地给阿莲邮寄的包裹实在太多了从内衣内裤到各种土特产，那样的数量和频率让自认见过世面的我也叹为观止。

我试探地问过阿莲，他总是笑得很憨厚："朋友，都是朋友！"

那是一个很平常的圣诞节，阿莲比平时回来早一些，他拨了个电话："亲爱的，你还好吗？"

各种各样的暧昧语言，各种各样的表白，各种各样的表决心。呵，情场老手。

阿莲挂了电话，又拨了一个："亲爱的，你还好吗？"

我以为他在开玩笑，但谈话的深入让我确定，电话那头是另外一个人。

各种各样的暧昧语言，各种各样的表白，各种各样的表决心。

我朝佟治平飞了眼，他也在听。

就这样，那个晚上，从9点到12点，阿莲打了八个那样的电话。

第二天，我做了很不道德的事，偷看了阿莲的信。

从回信中揣测阿莲的自述，他应该是那种家境贫寒，却不敢落后的好学生。怀着救国救民、自强不息的胸怀去拯救世界的人儿。

不知道是不是只是冰山一角，他交往过的女生有二十人之多，她们都曾来我们学校看他，有的坐了几天几夜的火车，然后开房，她们回到家乡后再给他寄东西。

前不久，在学校的论坛无意中看到阿莲的照片，他找了个卡塔尔的老婆，不再是属于这个国家的人了。

12.4　铺天盖地

幺猴有天莫名其妙地给我打电话，他刚听说我勇闯信息系寝室的事，对我一顿铺天盖地地骂。

"你以为你真是老大了？下次带我去！"幺猴说。

我看过幺猴打人，那气势是地头蛇式的。

"回来吧。大家都很想你！过去不上课还在寝室，现在连面也见不到了。想知道你咋样还得问别的专业的人！"幺猴在电话那头说。

我本来是感动的，但听见张红一的声音："你也太恶心了吧。"就没了情绪，打哈哈地应付过去。

电话放下，吴山的电话又来了。

他问了我学习的状况，还说，前几天有个女生在楼下喊我的名字。

我问吴山，那个女生漂亮不。

吴山说一般。

我告诉他，以后不是美女就不用转达了。

老茂用石头的手机打过来，没等他说话就被我骂了一顿。

解气。

12.5　错乱的错乱

大三寒假考试轻轻地来了，我不得不面临着又一次临时抱佛脚的境遇。

我尝试着和艾军豪学习了几次，又怕打扰她，她身边也有了一些追求者，我不想让他们误会而耽误了她的幸福，干脆放弃了纠缠。

在石头管理的学校网吧，我搜索到几个来上过网的人的QQ资料。

"妈的，老子学不进去。"我对"黑玫瑰"说。

"我也是，快考试了。愁死了！""黑玫瑰"回着。

英雄所见略同啊。

"咱俩别上网了。我请你吃饭，你陪我学习，成不？"我很虔诚地问。

"我考虑一下哈！"等了半天，"黑玫瑰"才回。

"你考虑个屁啊！怕我追你？扯蛋！就是为了考试！你不许喜欢我哈。我受不了女人黑，受伤自负！"我说。

"好吧，南门口第一家麻辣烫。你过来，我等你。""黑玫瑰"说完下线了。

冥冥中不知是谁捣乱，把不可能变成了可能。

那是我第一次见网友，那一眼就足以让我崩溃。这女人就不是学习的料。

"黑玫瑰"不黑，很白，很白，很漂亮。

"黑玫瑰"就是花小弟。

我很想把一盆麻辣烫扣她脑袋上。姐，你有那么多男朋友上啥网啊？你起啥名不好，干嘛叫"黑玫瑰"啊？

花小弟看了我一眼，发呆，低头，抬头，笑！

"苏铁，是你啊？"她算是和我打了招呼。

"嗯！"我真的很想说怎么那么倒霉啊！

12.6　情圣面前耍刀

"我就想知道管院哪个男生口气那么大。"花小弟的谈吐和举止都很优雅。

可惜我没心情欣赏，我确定至少在这个晚上，她是个彻头彻尾的骗子。

和她在一起是很多人盼望了很多年的，我甚至感觉到周围有人在用异样的眼光看着我俩。

阿花啊，作孽啊，你到底抢了多少女生的男朋友啊？

"早知道是您，我就收敛点了。太岁头上，哪敢动土！这不是情圣面前耍刀吗？"我故意气她。

花小弟还是笑，即使她确定我是在埋汰她。

她涵养很好，点的菜也是最便宜的，我很欣慰经济损失不大。

花小弟很善于交际，她试图和我友好地相处，而我大部分时间都很沉默，只想快点吃完，告诉我的朋友们，我见鬼了。

"你还需要我陪你学习不？"花小弟看出了我的不耐烦。

"大姐！我用不起。请您快点吃吧！"我嚷嚷着。

12.7　江湖中人重情义

回到寝室，我告诉佟志平和花小弟见面的事。

他那样坦白地笑了半天："花小弟是厉害角色，我们班也有被她撬了男朋友的，现在人还彪乎乎的。"佟志平说。

"爱情哪有胜败，她怎么不怀着感恩的心去正视呢？那样的男朋友，离开才是福气。"我说。

"要都和你一样就好了。"他总希望周围人都和我一样。

"得了，要都和我一样，校长该疯了。"我实事求是地说。

佟志平顿了一下，然后又语重心长起来。

"兄弟，你要不是我兄弟，我一定也盼望你俩在一起。想着就爽，一定死一个，无论是谁死都大快人心！"

我以为一切都过去了，却很意外地接到花小弟的电话。

"欠你一顿饭，苏同学，我找了专业拿奖学金的美女补偿你。某某某自习室，不见不散！"花小弟的语气阳光灿烂。

"好的。"我很开心她没看上我，有恩必报的姑娘是好姑娘。

见到她俩我又不那么想了，陷阱……

那姑娘至少一米八，左手捂着肚子，右手拿着书，用五官一起使劲朝我抛媚眼。

我暗想，这个姐啊，大姨妈来了你就别出来嘚瑟了。

花小弟"知趣"地溜走了，留下我和那"大个姐"。

　　江湖中人，重情重义。我尽量很绅士，不能把一个月经中的女性这样丢弃吧。

　　"别学了。"我执意送她回寝室，在路上手很贱地给她买了葡萄汁。

　　麻烦就这样来了。我回到寝室，屁股没坐稳当，花小弟又打电话来了。

　　"她喜欢上你了。"花小弟兴奋地说。

第十三章

13.1　吻

"小元咖啡屋，现在！"我没等她答应就挂了电话，大不了自己去坐会儿。

没多久，花小弟就带着春风扑面而来。

"是不是怪我没把她带过来啊？她也想来，害羞呢。"花小弟有些得意地说。

"你觉得我是和你一样人尽可夫的人吧？"我抑制不住被耍的愤怒。

花小弟在听到那个词以后，愣了下，低头，抬头，泪流满面。

那眼泪在我看来是说到了她的痛处。

"你不要以为你一堆男朋友，别人就该和你一样随便。爱情是一辈子的事，你懂吗？你不懂！你就知道到处骗吃骗喝！"说完了，舒服多了。看她哭，她哭得很脱离！

128

我有点歉意，又觉得那是忠言逆耳，一股替天行道的快感在我的心中澎湃着。

过了半个小时，花小弟才停止了流泪，她用纸巾把脸擦干净，抬头看着我。

"我家很有钱，我没必要骗吃骗喝。我也知道很多人为了我分手，可我从来没勾引过谁，更没给过任何人承诺，甚至有几个人分手的时候我都不认识他们。还有我没有男朋友！"

花小弟用了很大的力气才说完这些话，她哽咽了几次，每次都流了不少眼泪。

她在说完最后一个字后起身，被我又拽回凳子上。

我想道歉，言语又太无力。在有些昏暗和暧昧的灯光下，在自己和她的惊讶中，我把嘴印在她的唇上。

我感觉到，她在轻颤和无助。

"我和她保证能搞定你，怎么我被你搞定了，算你白亲成不？"花小弟有些郁闷，对我做了一个很丑很夸张的鬼脸。

我猜她是被刚才的吻吓到了。

"不成。好不容易绑上大款。怎么能空手而回？"我把身体放进她的怀里。感受着她的体温。

她没推开我。

"等大爷玩腻了，给你多少能甘心啊？"她调皮地把手放在我下巴上，样子像极了流氓。

"两千。"我犹豫了一下，没好意思要太多。

"成交！"花小弟很干脆地应和着。

那天晚上，我和她投入地亲吻，忘了有多少次，我迷醉在她清澈的眸里。

在寝室快关门的时候，花小弟不停地看表，然后看我。

"想回寝室？亲够了？"我问她。

她点点头，又使劲地摇头，又点头，不说话。

比起她在舞台上光芒四射的样子，我更喜欢她现在的恬静和有些羞涩的单纯。

拉着她的手一起回她的寝室，是张红一住着的楼，我也曾在那里站过。物是人非。

花小弟转了身，又转回来，又一个长长的吻。

"告诉我，怎么和她说！"她无辜地看着我。

"说我配不上她，自甘堕落从了你！"我漫不经心地回答。

花小弟苦笑了下。

"听过你和我的传说太多，也许是天意了。如果可以，你别伤我！"她低着头，说得很小声。

13.2　小心

我惯性地回到以前的寝室。

那里有我的床，我的兄弟。大个正躺在我的床上抽烟，在依然属于我的地方。

和他没有过节，也念在同学一场，我虽然不高兴，但没发作。我是有洁癖的人，可现实总在让我改变。心的洁癖，何尝不是如此堕落的？

大个讪讪地离开，万分地不情愿。

吴山的脸上笑开了花，王小北有些惊喜地讲："失去才知道珍惜啊！"幺猴没说话。

我想，他更希望大个留下。

熄灯了。电话来了，是花小弟。

"乖，不要在别人可能睡觉的时候打电话来，很不礼貌，寝室不是我一个人的。"我故意说得很大声，这其实是我想对张红一说的。

幺猴哼了一声，去了老茂的屋子。

"啊，我道歉啊，以后不会了。我委屈，想和你说说。刚听她骂了你一个小时，说你是个杂碎，说她知道老多你干的下流事了，说她瞎了眼也看不上你。她让我小心点！"花小弟说得断断续续。

开始，她还在顾及我的接受能力，发现我真的没脸没皮就敞开地讲。

不生气，我不是两年前的我了。她喜欢还是厌恶，和我有关吗？我甚至觉得，我曾愤恨的王小北的种种，也没那么恶劣了。

安抚完花小弟，吴山还没睡。

"考试准备没？"他问。

"准备了。"头疼不想提考试，也不想他担心。

"幺猴前几天刚和叫什么帅的打起来，这几天对谁都那个态度。"吴山显然看出刚刚我和幺猴眼神里的战斗。

我没见过那个什么帅，他是张红一的高中同桌，张红一和我提过很多次要一起吃饭。

让自己的朋友和男朋友打起来挺不容易，张红一做到了。

"我找女朋友了，花小弟。"我以为他可能知道她。

"你喜欢她吗？"吴山的平淡口气证明奇迹没有发生。

"还好。"这时我才发现我没想过这个问题。

"花小弟？！"王小北也没睡，他发自内心的笑容在夜幕下很狰狞。

屋里顿时静了下来，吴山莫名其妙地看了他几眼。

13.3 那只手

我以为是场春梦，一只手几乎摸遍了我的全身。

半闭半张着眼睛，我看见枯萎凋零的手臂。老茂！他比以往更瘦了。

"我日你全家！"我把脚放在他脸上，狠狠踹了下去。

他在找烟。乱摸什么！

"幺猴在和大个谈心，我睡不着。"老茂揉了揉脸，像个受害者。

我讨厌睡觉时被打扰，那意味着我将无法轻易再睡去，我干脆起来窜到老茂寝室。石头睡得和死猪一样，幺猴和大个正在烛光下谈心，桌子上摆了很多空的烟盒和酒瓶。

我的到来，让他俩很意外。

"杨鸿伶搞定没？"我知道答案，还是希望听他亲自讲出来。

"在路上。"大个故意装得很洒脱。

那是死路。

"幺猴，我有话和你单独谈。"今晚，我渴望一切从头开始。

"打架了？为什么？"我问。

幺猴沉默，轻蔑地看了我一眼。他不想回答这个问题。

"就算我们不能再做朋友，我也希望你明白，我用不着为了不喜欢的女生而失去我最好的兄弟。我是为了你才去接受我不喜欢的女生。你和初恋都是我觉得最宝贵的美好，我愿意为了你去放弃我的初恋情结，即使失去你。张红一是一个暴躁、自私、幼稚、愚蠢、贫穷的人，我不希望你断送在她手里。人的性格都有缺陷，但她会将你的缺点放大，也会消磨你所有的美好。你应该找一个更好的女人。"我很平静地说着这些我在内心里重复过很多次的话。

幺猴在忍耐。那些评价张红一的话，如果来自别人的口中，那个人一定已经倒在地上了。

"张红一说，是你先主动追的她。"幺猴一字一顿地说。

呵呵，我算计好了一切，却没算计好那个是我初恋的女子会如此葬送我的退路。

她没有撒谎，却断章取义地把自己清洗干净。

她难道忘记了，我要她唯一的条件就是让她不碰幺猴。

13.4　一片春光

我以为她会为了我愧疚，我照顾的她那样好，她却违背了对我的承诺。真的那样深深被她的海誓山盟感动过，她说，要做个最美的新娘。

原来，一切都是我的错，把她当成不懂事的坏孩子，而不是品德的恶劣。当她告诉幺猴她是无辜的，表情也一定像极了天使。

我感受到单纯的可怕，那样如乌云般的铺天盖地金属般沉重。单纯的只为自己而活，本能地忘记不该忘的事。

历史上也早就证明了，单纯的也是最无敌的。

我为自己的"告白"而感到可笑。幺猴是她的男人，我将注定终身生活在失败的初恋阴影里，被伤害和伤害着。

我看到佟治平的时候，他眼眶是黑色的。

"妈的，老子等了你一个晚上！"他学我说话的方式。

我告诉佟治平和花小弟谈恋爱的事。

他张大了嘴巴，一会儿变成一字，一会儿变成人字。

"你准备为民除害啊？"在他心中，他的兄弟是正义的化身。

于是我又解释我看到的花小弟的样子。

"你中奖了！"他兴高采烈地说。

"她只是不怎么坏，也未必就怎么好。"我淡淡地应着。

给阿匪发了分手短信，她也很快地回了一些祝福的话。

石头打电话来，就一句话："您就使劲祸祸吧！"

我要石头请我吃饭，带着佟治平和宋聪聪。我希望我的朋友可以融洽地相处。

我隐约察觉，佟治平不喜欢石头，尤其是在知道石头是我们学校的网管头目以后。

石头抢着结账，佟治平意思了一下就放弃了。我了解佟志平不是占便宜的人，可能是请石头吃饭让他觉得堕落吧。

石头在饭后执意要去唱歌。那城市没有像样的练歌房，有的只是老旧的打着练歌幌子养小姐的地方。

佟治平尽量不让除了鞋底以外的身体，哪怕是衣物碰触歌厅里的东西，他抢着唱了一首歌，和我客套了几句就拽着宋聪聪离开了这个"火坑"。

"你他妈的唱什么歌！"我对石头说。

石头还在笑，他总是这样，没有什么能打扰他自在的节奏。

老鸨带了两个小姐来，一个很小，有些黑，十六七岁的样子，另一个是完全熟透了的少妇。

石头拽着那个小的进了另外的屋子。

我还在惦记着该怎么面对佟志平，没察觉少妇在旁边脱了衣服，脱到最后一丝布料也离开身体。

她的身材很好，我看得到半透明的皮肤里，每一根血管的样子。

她的叫声打破了我视觉里的美好。

13.5　性爱的宣言

我把钱用双手递给她，她眼里闪过一些感触，年少的我不懂那是什么……

我是个笑贫不笑娼的人。不是对钱多么敬仰，而是因为娼太可怜。我一直守身如玉地活，为了将来的妻子安心，也为了不去伤害那些现在傻得愿意给我，却可能不是一辈子的人。

我不是女子，要比女子更保守。

13.6　花小弟的简历

花小弟的父亲四十五岁还在农村游手好闲的，为了生存就去沈阳碰运气。他的运气不算坏，慢慢从一个什么都不会的木匠混成了包工头，娶了老婆，混了几套房子，还有几十亩地的厂房。

他有三个女儿。花小弟有两个姐姐，一个是她母亲和前夫生的，一个是她母亲和她父亲生的。

老爷子结婚时娶了大肚子的女人，以为自己年龄大生不了孩子就留下来了那个孩子。花小弟的二姐是名牌大学的博士。她遗传了父亲的智慧，又和她勤恳的母亲一样努力。

花小弟不笨，但她的养尊处优让她做事都大大咧咧地不够专注。

她在高中时有个精神上的恋爱对象，还相约一起考一个二流学校。结果人家考上了，她考了个三流的学校。她还为此复读了一年，可高考的结果还是她最初考上的那个学校。

花小弟一直对这个学校没好感，它埋葬了她最初的美好情感。

她的团干部也是买来的，她表哥的姨夫的战友是我们学校的一个副院长。

13.7　你哪里比我强

和花小弟在一起的几个星期，回头率又翻了一番，还好我很习惯被人关注了。让我不习惯的是，过去别人看我的眼神大多是憎恶的，而现在，是充满鼓励的。

好像都在说："小伙子，把她干掉。我们看好你。"

我过去就没做过什么坏事，现在也没做过什么好事，我做的都是和他们一点关系都没有的事。环境让一群人当狗屎。坚持不去改变的，就不要奇怪狗屎为何一直热情地糊在身上。我曾为彼此来自一个阶级而感到亲切，但是我错了。

英雄可以有，英雄注定悲凉。

花小弟认识的人很多，她从不避讳我，我喜欢她这样简单的坦白。

"莫名其妙！"花小弟接了一个电话以后依在我肩膀上。

"咋了？"我问她。

她笑，不语。她很少让我帮她承担什么，她很少有哀伤或是让别人承担的事。

电话响，还是那个人。

"我不知道，你别问我，要问就问他去！"花小弟生气了。她也很少这样没有礼貌。

我想对方一定不值得礼貌对待吧。

"一个学生会干部的前女友。我和那个男的开会认识的，我请他吃过两顿饭。他想占便宜，被我骂了。她问我当初怎么勾引他的。"花小弟无奈地说。

电话又响，我接了电话，"你哪里比我强！"她在电话那头喊，丧心病狂的调子。

第十四章

14.1　轻

大三是爱情的瓶颈期。在那个年代，恋爱的人都恨不得二十四小时在一起。

分手时，有的平静分手，有的哭天抢地地嚎叫。

不知道后来多少人为当时的冲动后悔，离开是为了寻找，但寻找到的是否真的更好？也许只是年少不懂珍惜。

我把花小弟当成初恋一样宠爱，纯洁地相处。忍耐了几次，还是没有经受住她美丽的考验。我把手伸进她的内衣里面的那黄昏，她在我面前喝了酒。

她问我，她的身体是不是我见过最美的。

花小弟是很善良的姑娘，不大张旗鼓的为谁，总在可以承受的范围里温暖四周。寝室里的穷人多，她会买些水果大家一起吃，会刻意买些她穿着瘦的衣服，然后让出去。

她是个没有阴暗面的人，乐观而简单，喜欢把大事化小，小事化无，最后也就没有什么事了。

有人对她有误解，她也不知道或装不知道，从不解释。她近视，还从不戴眼镜，有时和一些认识的人擦肩而过却不打招呼。她是没看到，而别人通常不这么想。

花小弟有一天问我为啥没搞定杨鸿伶。

我哑然而沉默。

"兔子不吃窝边草吧。"我很俗套地回答。

我鄙夷过王小北以及他所喜欢的一切，当我慢慢地发现她的好时，早就不是最干净的自己了。

14.2　无聊

考试成绩比想象中好一些，但依然有不及格的。其中一科是照艾军豪一模一样抄的，她八十分，我五十分。

那导师很喜欢艾军豪，她的努力和贫困会让他想起自己的过往。有一次在办公室，他用那样的口气问艾军豪："你怎么会和苏铁关系好呢？"

他说："离苏铁远一些，那人是垃圾。"

佟志平彻底放弃了考研。白天我们四个人常在寝室里打麻将，他麻将打得很糟糕。

阿莲和小鹏偶尔回来，看着我们的快乐叹气。

阿莲最近收的东西并未减少，看得出来他依旧很"努力"地生活。小鹏也并没分心，对我们的放纵，他特别和善地表达着友好。

我撞见过几次小鹏深夜里用冷水冲刷着自己的身体，克制睡觉的欲望。

我和花小弟不太为未来的生计发愁，我们在各自的城市找个糊口的工作，不是特别难的事。我俩都属于无奈的大多数，没有足够的资本过富足的一生，却有太多牵绊无法纵情于江湖。

我会很苦恼地思索，要不要漂泊，花天酒地，露宿街头，耀武扬威。无论是因为和父母的隔阂还是自己心中的想法，我都不愿意回家。

佟志平无聊了会看片。他告诉我有些"知识"还是要学的，并绘声绘色地给我描述宋聪聪的身体和床上的表情。这在我看来多少有些变态。

他总会忽悠我早点把花小弟弄上床。

那是和花小弟恋爱后的第一个假期，时间忽然变得不那么够用，总有说不完的话要讲。

"我们开房啊！"回家之前的晚上，我问她。

她先是一愣，点头。

我有些意外她没有拒绝。如果拒绝，我会不会沮丧？

只是一个玩笑，我的女朋友答应了我，够了。

14.3　精神病

恋爱是一种习惯少了花小弟在身边笑的日子，着实有些烦躁。

花小弟在很多人眼里差不多无可挑剔了，但我觉得她有些笨。从小到大，太多人说我聪明，即使在我懂了"聪明反被聪明误"的道理后，潜意识里也觉得，笨是不可以被接受的。

我见过花小弟在千人面前演讲，飒爽英姿就着漫天废话呼啸汹涌。我讨厌她那天的样子，讨厌她耽误别人的时间。

我一直觉得，耽误别人时间的人是可耻的。我会一次一次地对自己说，不该这么想。我快变成精神病了。

14.4　天真愚蠢

花小弟打电话告诉我，她的发小失恋到我住的城市散心，让我接待。

在火车站看到她，如花似玉的人儿，丝毫不比花小弟逊色。

从不熟悉，到可以手拉手，我和她只用了半天时间。她会主动有身体的接触，我以为她对朋友都如此，没有做作的闪避。

"你怎么会要花小弟？她配不上你。她当初给那谁洗过袜子，她给你洗过么？"她问我。

我一阵眩晕，想起花小弟再三地嘱咐，那是她最好的朋友。

她大四即将毕业，在某个事业单位找了工作，和她男朋友一个单位。那个男人，攀上了单位领导的女儿。

晚上，给她找了房间。在那儿，她撕扯着衣服，把乳房露出来……我转身离开，听见她在我身后哭了。

在宾馆楼下，给花小弟打电话。

"你个傻子！"我骂她，真的生气了，气她的天真和愚蠢。

"你破财了？"花小弟还在笑。

我犹豫了一下没告诉她发生了什么。

几个月后，花小弟惊奇地告诉我，她那朋友和一个保安同居了，让她更惊奇的是，我没觉得意外。

14.5　爱在女儿乡

我会上网搜一些我读过学校或去过的公园的名字。

我是个很怀旧的人，比起那些虚幻的以后，我更在意我感动过的以前，这是我悲哀的天性。

我在校友录上找到了小学的同桌，李慧来。她学医了。我和她开玩笑说要是提前两个月遇见我就要她做女朋友了。我和她在网上聊，聊那些早就不在的过去，那个什么都有又什么都没有的过去。

没有钱，没有苦，没有爱，却有快乐。

那年我和她都还小，会为了一点空间打得面红耳赤。我喜欢听她讲题，然后举手告诉大家她说错了几个地方。她不像别的女生那么爱哭，每次被我捉弄也都是咬紧了牙，几乎咬出血来。这让我很没有成就感。

她还没谈过恋爱。学医让她见多识广。她给我讲一些她帮助同学的傻事。她说做好事做了就做了，坏人也不易。

李慧来把照片给我看，那个回忆里的小妞成了华丽丽的胖子。我也把自己的照片给她，她说，和小时候比，我几乎没有变。

14.6 爷的三个孩子

和妈妈的闲聊中说起花小弟。那时我二十一岁，爷爷和我一样大都有三个孩子了。

我编造了她种种的好处，妈妈还是紧锁着眉，那个从来都没有城府的女人和我说出了这样的话：

"我不相信她有那么好！我的儿子越来越不快乐了。"妈妈叹息着。

我很想解释，这些哀伤和花小弟的关系不大，又没想好从何处说起。

花小弟在一次例行电话里说，她母亲不知道得了什么病，正在化疗。

她还在笑，我相信她的父亲和姐姐们成功地骗了她。她本来就是个很好骗的孩子，生活常识也贫乏。

这件事对我的感触挺大，我接连几天在家里做了饭，把妈妈感动得鼻涕一把眼泪一把的。

14.7　我的悲伤比较宽

这个假期过得很快，我又坐上了回学校的火车。

我喜欢火车，喜欢看着山河大地如画般在眼前闪烁。

生活，如眼前熟悉的不繁华，都是我不想面对又必须经历的。

我告诉自己毕业了，再也不去那破地方了。

我不确定能不能顺利毕业。老茂挂了二十多科，几乎铁定要读大五了。我，只比他强一点，兔死狐悲，唇亡齿寒。

在知道花小弟的妈妈得癌症前，我为了和她的感情困惑过，尤其是在她最好的朋友勾引过我之后。我讨厌看不清楚人和人生的人，张红一就如此。但现在，我能做的只是义无反顾地向前。

第十五章

15.1　信

那天在火车站等花小弟，天淅淅沥沥地掉下雨来。

站在屋檐下，我诅咒这鬼天气。

花小弟就这样地来，如风雨中天降的百灵鸟，扑在我怀里，轻轻地啄我的脸。

"我想你。"她说。

"和我回家？我妈想见你。"花小弟有些害羞地问。

"傻瓜，打个电话就成，何必亲自回来。"我讨厌无谓的牺牲。

"我想你啊！"花小弟做了一个鬼脸。

为了某个原因，和她家长见面就这样被提前了，和爱情无关。

在火车上，花小弟说她二姐上大学时有个相处很久的男朋友，她父亲嫌人老实，给弄黄了。她二姐博士毕业，老爷子花了十万给她找了个机场里的工作，不到一年的时间，她二姐就把钱全数还给了老爷子。她母亲是个很随和的人，对每个人都很好。她大姐是个工人，职高毕业嫁了工人。两口子总向家里要钱，已经要了几十万了。老爷子很不满。

我不担心老爷子不喜欢我，我只盼望老太太能舒服一些。

省会我第一次来，比我想象中大很多。我见到了花小弟全家的人，但没有人接我。

花小弟的父亲七十多岁，矫健而开朗，猴子般的大眼闪烁着睿智的光芒。花小弟的母亲看起来很憔悴，看到我，非常努力地想挺起腰来。她微笑着的样子，是那么慈祥。

我到达的时候赶上饭点。听花小弟说，因为母亲病了，所有人都去饭店吃饭，再带饭回来。躺在床上的老人喘息着说："今天在家吃，我做吧。"可她连站起来的力气都没有。

花小弟全家都在你看我我看你地望着，包括已经出嫁的大姐。他们的表情让我知道，这里没人会做饭。

"我做吧。"我没有选择。

那顿饭做得很好，花小弟说老太太得病以后从没吃过那么多东西。

老太太不停地说："小弟不懂事，什么都不会。我对不起你啊。对不起啊。"

我无语，只是含蓄地笑，我希望她把我的反应理解成我的应允。

让我始料未及的是，我因此得罪了老爷子。从我下厨那一刻，他就用有敌意的眼光看着我，虽然他吃的并不少。

他一边吃一边讲故事，是一个穷书生娶公主的故事。

我很想让他闭上他的臭嘴，但想想他是我爷爷的年龄的人了，就没吱声。

小小的包工头子，我爹手下有几百个这样的人。

15.2 歉意

老太太不时用歉意的眼神看我，她想制止她的男人。

花小弟说过，老爷子一直觉得老太太配不上他。

二姐的男朋友是被老爷子骂出屋子的，连同他的父亲。也许，我已经得到了比较好的待遇。

初次见面，我知道她的母亲很认可我，她的父亲很排斥。

会做饭的男人注定是没出息的男人？我破罐子破摔地和老太太调侃，我还会织毛衣和绣花呢。

花小弟在家的地位很奇怪，最被宠爱却又是最没资格说话的。她什么都不需要管，就会有人为她做主。

那几天，我在花小弟的屋里睡，她睡姐姐屋里。

她大姐和二姐在外边都有房子。二姐的房子是二姐贷款买的，大姐的房子是老太太执意要买的结果。她是不放心的。大姐和老爷子没有一点血缘关系，而她的身体早就大不如前了。

我不得不给一群人做饭。大姐和大姐夫每到吃饭的时间都会来，让我觉得很烦。家里够乱了，孝顺的人怎么会吃完就走。

更让我觉得烦的就是每当她大姐一离开，刚才还沉默的老爷子就破口大骂。什么白眼狼和什么狗的、小白脸、不要强的帽子全扣在大姐夫头上。我想他是指桑骂槐地说我。

好几次忍无可忍了，但看到老太太哀求的眼神，我忍了。她很疼，她也在忍！

给我爸打了电话，他说："儿子，只要你做的是对的，爸爸做你的经济和精神后盾！"

我心里合计，大哥，你就说的好听。你穷得让我都丢了半辈子人了！

她二姐总会背着人打电话，被我碰上了一次。

"姐姐辛苦了。"我对她说。

"难怪我妈说你人品好，机灵。"她略带欣赏的眼光看着我。

"我爸就那样，我也顾不过来你。你挺照顾家的，我都看到了。委屈你了。"她说得很诚恳。

"小弟，知道了吗？"她有些焦虑地问我。

我摇头。

我在花小弟家没住多久。

临行前，我握住老太太的手，我觉得应该给她一个交代。

"我会尽力做好我该做的，但我不保证一定能做到。"我瞥了老爷子一眼。

老太太没说什么，只是点点头。

我却没有想过，那个转身是花小弟和她母亲的诀别。

15.3　张红一

回到学校了，心情真他妈的好，不用绞尽脑汁地考虑做什么饭了。

我分别找了吴山、石头和佟志平，把花小弟她爹一顿臭骂，还是不解气。

吴山告诉我，张红一正在和幺猴闹分手，张红一移情别恋了。

狗真改不了吃屎。我真不明白她怎么能把仅剩的智商都用来自我欣赏，也不想想除了幺猴还有谁会接受她？

我觉得这是和幺猴和好的最后机会，就打电话叫他出来，不想有当面被拒绝的尴尬。

幺猴很爽快地答应了。我犹豫了半天，还是说，只找你自己啊。我怕张红一来给我一个惊喜。

幺猴在那边轻轻地笑，说他知道了。

我很久没和幺猴单独吃饭了，我和他的友情曾是我们专业里让人嫉妒的范本。

没有直奔主题，我把话题扯到两年前，说起了我和他好像一个人的那段日子。

幺猴的眼眶有些湿润了，我也很想哭。

"在我的生命中经历过很多坏人，我没被他们中的任何人伤害过，却让一些我帮过的傻子弄得死去活来。你觉得幼稚的自私就是天真么？"我快抑制不住我的愤怒。

"这次是她对不起你，为什么不推脱干净！哥帮你找个更好的。"我故意在哥字上加了重音。

我对自己的诱导能力很自信，但幺猴是我完全没有把握的对手，我了解他的性格和坚持。

幺猴在思索，"对了，张红一让我和你说对不起，你为什么和她在一起我知道了。"幺猴在苦笑，但显然并不是感激的表情。

"她喜欢上了别人，可那个人不会要她。"幺猴还在笑。

"走到了今天，无论她多不好。即使她真的像你说的那样，我认了。"幺猴就这样结束了这次谈话。

我静静地听他说完，心里满是欣慰。我永远离开这个男人了。但他会幸福的，他的坚持可以包容张红一的无知和任性。感谢上帝让我在年少时认识了幺猴和吴山，他们给我展示了男人最初的忠诚。

张红一，运气真好！

15.4　一场别离

在睡梦中被人叫醒，是花小弟的同学。

"花小弟的母亲去世了，你快去看看吧。"

我忘了看他是谁，忘了还穿着拖鞋，发疯似地往花小弟的寝室跑。

她就那样卷缩在墙角，目光有些呆滞。屋子里只有她一个人，她的朋友和寝室的其他人都站在走廊里，沉默着。

我走了进去，抱她。

她扑进我怀里，嚎啕大哭。不需要任何语言，没有什么能阻挡住那种哀伤。

一个善良而慈祥的老人，真的走了。

我还记得她那样疼惜地看着我，我还记得她将女儿的手放在我手心里。

花小弟嚎叫了整整一个小时才没了力气。我的身上，全是她的眼泪和鼻涕。

我和花小弟一起参加了她母亲的葬礼。也许是几个月的悲伤劳累让人有了思想准备，除了花小弟，大家都很平静。

老爷子很不情愿地用花小弟"普通同学"这个称谓把我介绍给亲朋好友。我觉得自己不该来，又义务地当了好几天她家的保姆。

二姐说，给小铁买件毛衣吧，这些天挺辛苦的。

老爷子对我的侮辱更加肆无忌惮，尽管他从不曾直接针对我，都是教训他那傻女婿。

我听他和花小弟的二姐说，买什么买，他算个屁啊！

我又故意等了两天，等我的毛衣，却没有等来。

和花小弟走的时候，我也没和老爷子说再见！

在我和老爷子的战争中，花小弟完全像一个外人，没有调解，甚至她都不知道她老子不喜欢我。

15.5　失恋王小北

好多年以后，一个长者告诉我，喜欢分担别人的事是精神病的症状之一，可我小的时候就很喜欢帮助人。

和王小北冰冷了很久。他在失恋了以后，还是来找我。

他是忧伤的！他是个很少忧伤的人，在我十八岁和他初见时就知道他是个少情感的动物。

王小北的坏和张红一类似，不处心积虑，很单纯的只为自己。

他的优点很突出。王小北是我生平见过唱歌跑调最厉害的人，但学院开联欢会，他敢冲上去唱歌，那嘶哑的破嗓音和那根本听不出是什么的旋律……他还写诗，在公开场合绘声绘色地朗读。通常，他的诗只是女生们背诵完我的诗后，开玩笑的谈资。

他的作息很有规律，每天五点起床学习，三年来风吹雨淋感冒拉肚子也从未间断。

他就是这样的人，在一次次的冲锋中历练自己。

我不得不承认，他变成了比较优秀的人，优秀得让我放弃鄙视的姿态，去痛恨和欣赏他。我并不太了解他的爱情，彼此都很少谈论隐私的事，我只在他偶尔和别人说起时会听了几句。

我见过他那个女友，明媚的姑娘。

在一次女友酒醉熟睡后，王小北接了她的电话，对方是男子，歇斯底里地骂他……

女友醒来后解释，是在亲戚家公司实习遇到的重要客户，对她有好感。

王小北不信，他也无法接受女友以单身的姿态去交往别人。

我不觉得他女朋友有什么错。除了杨鸿伶，王小北一直喜欢事业型的女人，总不能让她不去应酬吧？

于是，我吃饭。吃饭。吃饭。

15.6　笔仙和红衣男

王小北酗酒，然后人事不省地被我认识或者不认识的好心人搀回来。没有人知道他喝了多少，可能也不多，他酒量不好。

我表达过可以陪他的想法，他也笑着拒绝了。我想，那是他的自尊。

王小北用了很久才恢复了以往的神采奕奕，仿佛什么都没发生过一样回归他的生活。这多少颠覆了我对他的认知。周围有太多人，上午分手，下午就拉着别人的手。

如果此时的我遇见当初的他，或是当初的我遇见现在的他，我和王小北也许真的能做兄弟。我记得军训我和教官打起来，他有些认真地和我说："这四年，我要做好几件事，包括照顾好你。"

对于爱情和人生，我和他们都有着相似的困惑，专业里的一些女生干脆把幸福交给笔仙来决定。

那是个有着迷信色彩的游戏。游戏前要先把屁股洗干净，默念或大喊几声"天灵灵地灵灵"之类的咒语，以引起过往神仙的关注和同情。

询仙的女子，虔诚邀请最好的闺蜜，两人手握住一支笔，闭眼问心事。那支笔会写出神仙给的答案。

女生通常会问哪个中学毕业之类的问题，笔就会画出一些像一像二又像三四五六七八的奇怪符号来。如果继续问有男朋友的女生和男朋友会在一起多久，答案基本上都是一辈子，少的也是五十年以上。

我玩过那个游戏，没有洗屁股，也没默念咒语。对方是放松的状态，另一方就可以控制那支笔的。

艾军豪打电话告诉我，杨鸿伶求了姻缘。

明天早上七点，食堂里穿红衣服的男人是她的伴侣。

我笑着对她说："彪，我有女朋友。"

她答："花小弟没有伶伶人好！"

我又笑："为了好的抛弃坏的，道德在哪里？"

可我还是去了，我对自己说那只是好奇。

我不会为谁放弃花小弟，就算分手也不为任何人。没有女人能承受失去爱情和输给别人的打击。

那天早上的食堂，是一片红色的海洋。

七点整，我看着杨鸿伶走进来，看了一眼，伸了下舌头，就转身离开。她一定是被这么多老公吓到了。

我追了出去，朝她傻笑，她也看着我笑。

"铁，你早。"她笑着说。

"早啊，我的红衣服好看不？"说完，我发现自己的掩耳盗铃。

她瞪我，有些羞涩，有些快乐。

同窗三年，我很巧合地帮过她几次，她也拐弯抹角地通过别人还回来，断断续续地联系，没停止过。

我还记得她管我要过一张信息系联欢会的票，我弄了两张，一起给她。她自做主张把前排的位置给了艾军豪，自己坐在最后一排。

她高考成绩不错，本来去了全国有名的医科大学。如果不是她提前去那里适应环境，被尸体标本吓晕过去，她根本不会紧急抽档来这个学校。

15.7　又当爹来又当妈

我向花小弟坦白了去食堂的事。

她不高兴但没发脾气，不悦的情绪在她眼神里只是一闪而过。这个学校里，能让花小弟有压力的，只有杨鸿伶了。

我的很多朋友说，花小弟是个城府很深很深的女人。我更愿意相信，那只是她大气还不计较的天性。

花小弟对很多常识的认知都接近零。她容易快乐，也不挑剔。

"你真棒！我怎么不会呢？"她总这样说。

既当爹又当妈的日子过得很累，我觉得对她的感情越来越像是对女儿的那种，但也心甘情愿。

每次抚摸她都觉得自己很变态。我甚至认定，我出现在她的生命里就是接替那个离开的老人。

第十六章

16.1 秋

一个朋友告诉我，秋天是动物发情的季节。

喜欢秋天，与此无关。我的心情总是忧郁的黑，没有夏的热，冬的寒，是秋的静然和孤寂的沉。

周围每个朋友都在忙，忙些我无法插手的事。

李慧来决定考研；艾军豪也为同样的理想做着准备，她要报佟治平向往的大学；佟治平彻底放弃了考研，和阿莲一样沉迷在网络里；吴山要出国读书，家里给他铺好了未来三十年的路；石头毕业留在学校当老师，具体的我没打听，我为他的学生感到恐慌；老茂铁定念大五了，大三上学期他挂的学位必修课，大四专业里没开这门课；王小北还在努力读书；幺猴和张红一也是老样子。

老茂这三年及格的考试比不及格的少，知道消息的那天，我们全班陪着他，在操场上唱了一夜的歌，从伍佰到动力火车，从小虎队到张学友，再到郑智化。黑暗中的天空和大地就是我们的KTV，悲凉豪迈。

我无法想象，我们毕业那天，他用怎样的心情留在这里。我那时更不会想到，他念了七年才大学毕业。

我，每天做的，就只是和花小弟腻在一起。

张秀秀找了男朋友，我和她始终没说过话。在食堂看到她和她的男朋友在一起，她会那样地看我，我为那哀愁感到一丝丝内疚。

她很快就失身了。这样的消息，通常传得很快。

16.2　孤独

一个人的孤单好过两个人在一起的孤独。

佟志平常常说，没有轰轰烈烈地爱过很苦。我讽刺地反问他："上床的时候，难道你想不到会分手？"

他偶尔会和我嘟囔，上床是宋聪聪的想法。

我不认为那是理由。难道别人错了自己就可以无耻？

佟志平身上有传统男人的骨气和品格，也有着传统男人一样的不把女人太当回事的陋习。

"你和宋聪聪分手了，也干脆和我绝交算了。"我这样威胁他。

"你比她重要。"他苦笑着回答。

当年的一句戏言，多年以后变成现实，成了我很大的遗憾。

宋聪聪着实不聪明，她怪我掠走了她男人的心，间或把恨和脾气都发到我身上。

她愈这样，佟志平愈觉得她傻。只有他知道，我为了她说过多少好话。

我不曾怪过她，我看重的是朋友的名节，是对每一位母亲的尊敬。

佟志平在宋聪聪身边等待另外一个女孩的出现，他需要他想要的爱情！

16.3　花瓣雨

花瓣有很多凋零的方式，我喜欢看它自然死亡的样子。

当暴雨来临，风的零落破碎里，雨用眷顾爱恋让花瓣在半推半就中放弃抵抗，敞开了她的衣裳，露出无瑕的胴体，一起急不可待地落入花曾爱着的大地。云雨缠绵，也都化成了泥。

网络上的佟志平完全变了个人，那些年压抑着的背叛和怨恨情绪冲垮了他的温文尔雅。

他在发泄，用他的另一面，他本不应是道貌岸然的人。依然是好朋友，我也懂得他的心情，可我还是不适应他那么大度数的转变。

佟志平迷恋视频聊天，那样的聊天室总有些接不到客的小姐在直播。

这些原始的刺激最初完全发自人的情绪，后来，也都商业化了。

佟志平在聊天室里叫"魑魅魍魉",而我更喜欢他QQ的名字——花瓣雨。

16.4　魑魅魍魉

开学后不久，佟志平断断续续和我说，要回家看看父母。

"见网友吧？"我面无表情地问他。

"铁，将来我有大公司，一定要你来帮我。当经理，不，兼当门童。你可以从他们进门时就知道谁是好员工！"佟志平信誓旦旦地说。

他总说有哪一天他发达了，分一半的天地给我，带我周游世界。我相信他是认真的，所以我真的希望他可以发达。

"一个大专生，我说我是老流氓，她说不怕，就喜欢流氓，越流氓越好，让我过去找她。见过照片了，特水灵！"佟志平咽了下口水。

我不让他去，他是不会甘心的。经历一些女人，也许他会发现宋聪聪的好。

"注意别得病！"想了很久，却只能这样说。

三天后，他回来了，满身疲惫。

"兄弟，我走运了！"佟志平眼睛里闪着光。

我一点都高兴不起来。那个水灵的丫头带着更水灵的闺蜜见了佟志平。闺蜜和佟志平一见如故，如花骨朵般娇艳的女孩就这样倒在他的身下，在她不该绽放的年纪。

佟志平说，他们几个白天和晚上都在一起。

在成为朋友以后，我第一次对他失望了。他主观地选择放荡，想要发泄什么，客观上又无法拒绝处女的诱惑。

衡量不出是谁受到伤害，我淡淡地和佟志平说："哥，你不要搞出第三个了。"

16.5　三人可同行？

花小弟不止一次表达着进一步发展的想法，我都打岔糊弄过去。

她愿用身体增加她在爱情里获胜的砝码，而我，不确定她真是可以走到最后的良人。

出乎我意料的是佟志平向宋聪聪坦白了和那女孩的事。我猜测他情感的天平倾向于后者，我见过他俩的聊天记录，很鬼马的女孩。

那是一种态度，也是一次摊牌。可惜，他的对手是宋聪聪。

我再次见到宋聪聪是在很多天以后，她明显比以前更沉默。让白痴的孩子考虑人生，这难免有些残忍。"我会把她当亲妹妹看的，我相信我老公以后养两个女人没问题！"宋聪聪笑着对我说。

这是她的结论？我坚信这些话是需要转达的，就去网吧找佟志平。

"两个都不失去，挺好！"佟志平说。

又过了几天，那女孩来我们学校这边，三个人玩了好几天。

佟志平说，宋聪聪和她相处得很好。

我很想问他，白天，你牵着谁的手？晚上，你又睡了谁的床？

16.6　将上战场的兵

半个月以后，那女孩怀孕了。她才 18 岁。

佟志平前所未有的慌乱。他和宋聪聪嘿咻了三年都安全，仅仅几天的邂逅缠绵，就不小心有了后。

"我会娶她的。"佟志平看着我，眼里带着血丝。以前他也和我说过类似的话，新娘却不同。

我沉默。我想起张红一，她真的是坏人么？

佟志平和宋聪聪分了手。宋聪聪不哭不闹，成天笑呵呵地死缠烂打。佟志平不忍心把话说得太死，他也知道自己亏欠人家的，也就没分利索。

他和我说："分开了，我也会照顾宋聪聪一辈子。"

这话让我听起来刺耳。在一起会如此伤害，分开就能照顾了？

要不是那女孩家长闹，宋聪聪也不会有机会继续做她的佟太太。

女孩家长去了佟志平的家，佟志平的父母用最诚恳的态度和一些钱摆平了这件事。

有一次，佟志平喝多了，他抓着我的肩膀晃。"我要私奔！"他哭了。我苦笑。他不会。他的母亲很喜欢宋聪聪，而我们就快毕业了。

关于这件事我没怪过他。我明白善良规矩的孩子，二十多年面对大部分邪恶虚伪的人，是多么痛苦的事。被自己引以为傲的道德观念伤害，又是多么痛苦的事。

我把佟志平的事讲给花小弟听，她郁闷了一下午，晚上，哭了起来。

她啥时候变得那么多愁善感了？我有些无所适从。

"无论什么样的女人抢我最爱的你，我都不会失败！是不是？"花小弟的眼神像个即将上战场的士兵！

"不会的。我配不上你。"我讨厌她的未雨绸缪。

16.7　悲伤出一身冷汗

我时常在睡梦中醒来，我又梦见和杨鸿伶在一起，悲伤出一身冷汗。

佟志平和宋聪聪不久又和好如初，看起来比以前更好。

我至今都想不明白，宋聪聪当时表现出的沉稳，是傻还是大智慧。她来自官员家庭，很多事耳濡目染地熏陶影响了她。

那段时间，花小弟陪着宋聪聪，一起讲女人的无奈、男人的不好。宋聪聪只有在佟志平不在身边，才长吁短叹地愁。

学校的治安一直很让人郁闷，先是个大四的师姐在自习室被强奸，又有个大二的师弟为了五千块钱被雇杀人。

难道在师弟眼里活了二十多年的他连同这学校的价值和他的前

途，就值区区五千块钱？就相当于一只不太名贵的狗？

我悲哀，为他也为自己。至于师姐，我和佟志平都羡慕她能提前毕业。

学校本来在升一本的档口，学校的领导被弄得满脸青春痘，恼羞成怒地制定了一系列惩罚政策。

这学校混到这般田地着实有点可怜，五十年前是出名的工科学校，和几个现在全国知名院校不相上下。后来随着这城市的堕落一起堕落，如今连一些刚成立的民办学校都不把我们放在眼里。这里的老师最幸福的是学生出了大事，那就会有很多很多钱。

有一天，爸爸给我打电话，先说了些废话，又支支吾吾地说，有朋友的儿子，托给他实习，听说是我的学校拿奖学金的人，却连建筑的基本常识都一无所知，这让他对我的前途产生了很强的危机感。

后来的现实中，校友们大都很成功。我厌恶看到他们到处吹嘘自己的学校比名牌大学有成就。他们太善于送礼和嫖妓，也太习惯追随领导。

我不认为这样的素质教育就算是成功。

第十七章

17.1　泄

　　我还算是个好孩子吧。我会在公共汽车上给老人让座，会用手解决自己的生理需要。

　　可我对好的概念愈发模糊不清，我难过，郁闷，可怜。

　　我思索自己做错过什么。高考让我的能力和性格脱节了。而我的人生真的跌倒在一次考试上面？我不再知行合一，我依然喜欢一切新鲜而美好的事物，那些美好却无法让哀伤停止。

　　我央求过石头带我找小姐。我会等她们脱光衣服，纠缠一阵，然后龟缩在没人看见的角落里，痛哭不止。

　　花小弟不会愁，她对前途总是踌躇满志的，哪怕是她爹对她说："将来一分钱都不会给你！"

　　我猜测不出他俩是在什么样的情境下说了那样的话，老爷子是铁了心把我当成小白脸了。他指桑骂槐，我假装着那不是说我。这样直接又无耻的人格侮辱是正常男人无法忍受的。

"混蛋老头！"我骂着那个比我大半个世纪的老人，痛快淋漓。

"你在说我爸啊？是不是？"花小弟闪烁着大眼睛，莫名其妙地看着我。

我才明白她为啥可以平静地倾听，她根本不知道我在说谁。

晚上，我接到花小弟二姐的电话，她说到花小弟这半年中的诸多改变，那是我苦心调教的结果。

"我的妹妹，从来没有像现在这样优秀和懂事。小铁，谢谢你的努力。继续好吗？"她在恳求，却用了命令的口吻。

士为知己者死！

17.2　开心

和花小弟的恋爱，在她父亲的破坏和她二姐的鼓励下苦苦支撑。

我想过不了了之，孑然一身，但受不了良心的谴责。我想起花小弟母亲恳求的眼神。

花小弟会在我苦闷却大笑时迎合我，她的笑声让我慌张。

异性追求者也都从地球上消失了。有些人自己不喜欢，也从里到外的拒绝。但当她们真的转身以后，心里还是有种不可名状的别扭。偶尔有有人不要命的冲锋，例如一个追过很多我同乡的大姐。

她说来这个有海的城市是她一生的梦想。

我厌恶这样的移民爱情。

"你哪比花小弟好啊！"我轻蔑地看着她。

"我比她单纯！"她抬起头，故意晃动着很小的胸部，显摆她精神还没有发育的证据。

呵呵，开心。

17.3　叹无常

老茂有一天带个人找我，那家伙我见过很多次，是学校附近出了名的混子。

老茂自从知道要留级那天，就破罐子到处摔。

"铁子，借我点钱。"那个混子和我说。

我不知道他怎么认识我的，也不知道老茂和他说了什么。

大一时，我一定会不知所措地掏钱滚蛋。

可我快大四了。

"凭什么？"我反问。

那家伙没想到我是这样的态度。

"我急用，我妈快死了！"他说。

老茂在边上支支吾吾地点头。

你妈真该死。

"当是借老茂的！好不？你俩不是哥们吗？"他继续说。

我白了老茂一眼，狗日的还在点头。

他是被胁迫的吧？莫不是找小姐的把柄握在人家手了？

我为老茂住过院。一年多以前，吃完饭，又陪正在失恋中的石头喝了一顿。

我像孕妇一样鼓着肚子回寝室。老茂还在打游戏，他两天没吃饭了，打游戏花光了所有吃饭的钱。我又请了他。

那天晚上，我住院了。事后，我没告诉任何人。朋友间的给与，不需要对方知道，也不是拿来炫耀的。

三年了，请他吃了多少饭抽了多少烟，多得连我自己都不记得了。

我把二百块钱放在老茂手上，他接过去，没有任何的迟疑。

大一快结束的那段日子，老茂妈妈来学校看他，临走前推开了我寝室的门。

"苏铁，我把儿子交给你了！我放心！"他妈眼含热泪。

我觉得这话她应该和老师说更恰当。

又过了几天，老茂红着脸来找我。

他说自己和那个痞子喝酒的时候，那个痞子得意地说："没想到苏铁那么好骗。"老茂是在道歉。

我笑了，钱是我交给他的。他道歉而不是还钱，他觉得我的愚蠢与他无关。

"滚吧，有多远滚多远！"我说得很平静，内心却在流血。

我大概就是现实版的东郭先生了。

为什么现实要教会我这些？为什么帮助和真心并不能带来友情？我又一次选错了人，或者，是他妈老谋深算地选对了我。

我不是很功利的人，只是希望我帮助过的人别来伤害我，这就那么难吗？！

老茂走得很彻底，我俩在大学剩下的日子里几乎没有说过话。他又傍上了石头，并从他那得到了很多。我让石头别那么傻，他不听。

前不久，老茂请全班吃了顿饭。

他大学读了七年，毕业时一无是处。他现在单位领导看重的是他身上那股软泥劲。老茂是可信赖和扶植的人，绝对低微和服从是他的优势。

如今的老茂混得比大部分的同学要好，有车有房有女人有时间有前途。这就是命运。

17.4　无心之过

所谓虚幻都是飘渺的云烟。假如世上本无真爱，除了自己还能相信谁？那几个月，我拒绝接受别人。

后来，有人评价我在大学的所作所为，一个不太欣赏我的姑娘说："你对别人太好，还太渴望得到别人的感应，所以你很混蛋地错了两次。"

受益匪浅。

课，越来越少了。那是我在大学期间上课最频繁的时期，我会从教室里前排一直看到后排。我很想重念大学，即使还是这里。如果一切重来，我是否还会为幺猴做那无谓的牺牲？是否会勇敢地对杨鸿伶说我喜欢你？而现在，想这些是否还有意义？

有一堂课，我坐在一个临班女生边上。她有很漂亮的头发，我在她的钱包里瞥见了她男友的照片，他的眼角眉梢带着和我类似的憨厚。

"你暗恋我啊？暗恋你就说啊，你说了我就答应你了啊。"我调戏她。

她的脸在整个屋子的关注下红透，我看见有眼泪企图流下来。

回到寝室，她们班男生如潮水般向我寝室涌来。我只是开了个玩笑。

"你不喜欢人家拉倒，你有什么了不起的？"他们问。

我从来没有觉得我了不起。

"打架吗？一起来？"我看着那个说话的家伙。

幺猴挡在我前面。

"他俩的事外人别掺和成吗？要不，你们动手试试？！"幺猴笑着说。

谁俩？啥事？说我吗？过往的事让我听着有些不自在。

那群人很快散了，他们大多见过幺猴打架的样子。

幺猴说："那女生暗恋我多年。很多人都知道。"

17.5　咬过的苹果

喜欢很久，默默地想念不去打扰和霸占，是懦弱还是高尚？

茫茫的人海中，会有谁喜欢谁？然后，接受了拒绝了忽视了，然后就没有然后了。

每个人都可能是别人心中很重要的人，要争气。

花小弟会把苹果咬得只剩下一半给我，看着我扔进垃圾桶里。

我想起和她刚在一起的情景，忍不住一阵苦笑。

17.6　我的百无聊赖

多年以后，我们大都走进了社会。劳碌的人大多不快乐，安逸的人也在失去心灵。有自己的婚姻，幸福或不幸福。有痛苦的事，也越来越冷漠。

人，总要回归社会的，总要靠物质来换取精神。

过完一个让我崩溃的生日，没有丝毫值得快乐的事。讨厌别人，就也让别人讨厌。

有朋自远方来，是值得开心的事。为她在假期里退了机票，却等来她约张红一和我吃饭的消息。

17.7　梦里不知身是客

李慧来在准备考研，上网也比以前多了起来，她说查资料。

后来，她实在憋不住说了实话，她郁闷。

学医的不考研只能去卖药，医者不能悬壶济世却活在回扣里是多么悲哀呀！

"你这样的有人要吗？"我问她。

"也许有。好多不如我的都有人要。"她说。

她很空虚，也快三十的人了，情感上的迷离都没有过。

"要不，你考上研究生，我娶你？"我信口开河。

我了解她是个对一切用心，又不把一切都太放在心上的女孩。

"花小弟怎么办？"她急切地问。

我想自己是让她满意的人选，虽然她时常说："你有什么好的，那么多姑娘对你死心塌地。"

"甩了。反正她爸对我不好。"我随便应付着。

"我看书了。"李慧来发过来一个大大的心的表情。

看着她 QQ 的头像暗了下来，我才有些欣慰。

接下来的几天，李慧来上网比过去少很多。

她一露头，都让我一顿教训。她也是傻，从不隐身。

她发短信给我，"大哥，你别骂我了。我会为了和你的未来努力的！"

透过手机，我看到了她信誓旦旦的认真。

我很喜欢李慧来。她从不憎恶任何人，也有值得人信赖的品德。

李慧来比刘馨影大气一点，没有刘馨影敏感。但她俩都不适合我。

一年后，李慧来考上南方某大学的研究生。

她第一个通知我。

"宝贝，我不能娶你了。"我说。

"啊！"她郁闷。

"谢谢你！还是没人要！"她说。

第十八章

18.1 引

我喜欢引导别人，也渴望被引导。

可我越来越不敢教导花小弟，她在思考一些关于道德和信仰方面的事，这些精神枷锁会让她觉得忧愁。

"你找朋友玩吧。"我应该多给她一点空间。

"除了你，没有什么值得我去眷恋，他们会让我觉得不舒服。"花小弟说。

花小弟的目空一切和张红一不同，她单纯善良，阳光开朗，不明辨是非，也不会惹是生非。她能轻易地就与人交往。有很多人说过，这个学校给花小弟施展的舞台，太小。

她太柔和又很锋芒。很多智者求索了一辈子才懂怎样去返璞归真，很多简单的人却从出生就能做到。

18.2　改变

　　佟志平往返于他的家乡和这座城市之间。

　　我不知道他在干什么，他总很神秘地看着我："宝贝，等成了告诉你！"

　　从有了那个女孩以后，他叫我宝贝的次数比叫宋聪聪还多。

　　不久，他就拿着他赚来的五万块钱给我看。我高兴，也带点嫉妒。

　　那时的佟志平，和我一年前见到的书生判若两人，他身上总是荡漾着浓浓的风尘。

　　宋聪聪哀怨地说，"我几乎不认识他了。"

　　我看到了他整个改变的过程。在这一年里，他大部分清醒的时间都和我在一起。我不确定他的改变是好是坏，也不知道自己在这个过程中起了什么样的作用。如果我没有冒昧闯入他的生活，他一定还是那个每天都看书的孩子。

　　佟志平的做法很简单，在五爱市场进了货，又让家里的工人把货物堆积到那些可能有需求的场所去卖。

　　"做生意，很简单。"佟志平说。

　　这个年纪的人，不得意忘形，很难。他们理想化，喜欢面面俱到，喜欢把事情做绝。

　　佟志平的急于拜码头在我看来就是如此。

　　"有些人早晚都要认识。"佟志平说的有些人，是指流氓和工商。

他觉得不会吃亏，源自于他对他的家族有信心，即使他的父亲早就脱离了那群人。让我哭笑不得的是，佟志平和流氓赌博赚了那五万中的一半。我劝了他几句，而他完全被胜利冲昏了头脑。

佟志平和我说他请个姓刘的警察吃饭，情到浓时，他一把搂住那警察的脖子，说："王哥，你永远是我兄弟！"

"我要结婚了，和宋聪聪。"他没头没尾地说了一句。

"啊。"他俩结婚并不让人意外。

"和她结婚，我爸才能觉得我长大了，我才能得到更多的钱。"佟志平的眼睛里闪烁着光。

我在光芒中没有找到丝毫的爱情。

于是佟志平真的订婚了，宋聪聪成了他的未婚妻。

如果不是那场突如其来的禽流感，佟志平的计划都会很顺利地进行。他父母开的养鸡场在鸡的灾难里亏了本，自家的车又在山东撞死了人。他父母焦头烂额的，没有多余的精力考虑他的感受。

佟志平很失落，他怨恨，还怪到了宋聪聪身上。他唠唠叨叨地说，自己赚了五万，和宋聪聪结婚就闹了禽流感。

18.3　禽流感

佟志平和宋聪聪的感情，随着岁月的流逝灰飞烟灭，留下的美好大都是回忆。

佟志平彻底把宋聪聪当成了包袱，他还弄巧成拙地把包袱背在身上，这笔买卖让他觉得划不来。

花小弟问过我："佟志平和宋聪聪是不是不相爱了？"

禽流感是一个很奇怪的病，从动物传到人身上，不好治疗。

18.4　雪上加霜

我带着花小弟回家，去那个我牵挂又害怕面对的地方。我没有确定的决心，更缺少分手的理由。

父母一辈子都在做着毁灭自己又不成就我的事，那样的压力很强悍，从我还不会说话的时候就开始了。

他们会在下雪天站在楼下等着我放学，在老百姓可以大鱼大肉时买回来很肥的肉，盯着我吃。那样的爱很虐心。

我常常想，父子是否真的就是上辈子的仇敌，才会如此相互折磨。如果我成为父亲，是不是做好自己就足够了？

我从没想到我那个对一切都不挑剔的母亲会不喜欢花小弟，我告诉了花小弟我妈干活时她不要闲着，却忘记告诉她不要闲着的不是嘴。

花小弟太会说了，她用了能使出的所有招式应付她可能的未来婆婆。但她错得一塌糊涂。

妈妈一生勤劳，就是嘴笨些。在她眼里，女人光说不干是一种教养上的羞耻。

妈妈很实在，不会伪装。她没有说不满，脸色却很不好。我偷偷塞给花小弟几百块钱，告诉她附近超市大概的位置。"去买只烧鸡来。"我和花小弟说。

希望妈妈最爱吃的食物能让她的态度有一点改观。

"非常不好。"妈妈皱着眉头对我说。"哪不好了？"我问她。

妈妈还想说啥，忍住了。

"我也是没妈的孩子，来的都是客，妈不会亏待她的。"妈妈语重心长地说。

我从来没见过姥姥，她在妈妈还小时就离开了人世。妈妈是大舅和大姨养大的。

花小弟回来了，也带来了一堆的咸菜。那是她爱吃的东西，也是妈妈很少吃的东西。

"烧鸡卖光了！"花小弟无奈地说，雪上加霜。

花小弟一家要过来的消息让我有些措手不及，一定是花小弟搬了救兵。她也该和我打个招呼，我有些不满。

同样不满的还有妈妈，她讨厌别人打扰她的生活。她的生活费从来都不多，通常她又不动存在银行里的钱。

彪老爷子在饭店里说的第一句话是："这个城市我常来，还有人欠了我一百多万呢。"

那时街头的宝马和奔驰很少，一百万不是小数目。

爹妈对他的称呼也由大哥变成了老板，这样的场合，这样的称呼，很可笑。老爷子从始至终都在吹牛，我爹从头到尾都在微笑，我妈的眉头越锁越紧。她讨厌这样的耀武扬威，也不愿意把儿子养大了卖出去。妈妈是从来不在乎钱财的人，"人活一口气，舒服就成！"她常常这样教育我。

饭后，妈妈拽着爸爸回家，我送他们回宾馆。

"你爸为啥叫我老板，你是不是说我很有钱？我告诉你，我的钱不是你的！"老爷了这样质问我。

什么东西！你吹了一晚上牛关我屁事！

"爸，你上来就说谁欠你一百万。"花小弟的二姐在旁边看不下去了。

老爷子想了一下，也就不说啥了。那一天，我想和花小弟分手。

18.5　她去了清华

"咱妈和我唠了俩小时，和女朋友约会都耽误了！"中学时代最好的朋友小龙哭笑不得地说。

"不过为了咱妈，分手我也认了。"每次他给我打电话，都要被迫和我妈唠会儿，即便这样他还是坚持为我省钱而不打手机。

"我十分想见花小弟。咱妈那么豪爽，你又那么有品位，啥样女人能让你俩这样啊？"小龙和我父母的关系一向要好，我甚至会觉得他更像是我父母的儿子，天赋卓越又能低三下四地活。

"咱妈说了，要是我不给你俩弄黄了，就不让我进你家门了。"小龙笑着挂了电话。

越长大就越觉得自己的品性大部分遗传自母亲，我和她都是很少做决定，嘻嘻哈哈的，决定了又不会轻易改变，哪怕头破血流。

那几天，我疲于奔命地面对姨娘们打来的电话。

内容大同小异。听话，分手。

很烦！

妈妈对花小弟很客气，那是不愿意用心的缘故。花小弟却觉得我的母亲在金钱面前低了头。我不能告诉花小弟真实的状况，只能将就着维持。

花小弟在报纸上看了篇文章，就去找那个全国著名的企业家谈心，结果是她被承诺得到了工作。

"这个孩子比你强！"爸爸妈妈说得异口同声。我非常清楚父母的赞叹不意味着接受，记得父母非常喜欢我的一个高中同学，后来她去了清华。

18.6 哪怕毁了自己

我的每个高中同学都曾是各个初中的翘楚，每个班高考时都会有接近十个人分数够上清华北大的。

只有极少的人去了二本，那是母校的耻辱。我是母校的耻辱，小龙也是。

我认识小龙的第一天就知道他不是很仗义的人。

一堂自习课，我给他讲了若干笑话，被班主任抓了个正着，我和在笑的他一起被带到了办公室。

"我错了。"我说得很诚恳。

小龙趁机落井下石："都是苏铁的错，我一句话都没说。"

我被释放，他被请了家长。了解他不是坏人真的很难，他表面很轻浮，但内心比正常人都木讷，没有追求。谈恋爱对方不找他，他就当对方是个死人。有的感情没分手就结束了，他的女朋友没有一个长久的。小龙很孝顺，他爸在外边喝大了，都是他背回家。他从没对父母有过多的要求。他节省，一双鞋能穿十年。他脾气好，却因为拉架被砍得住了几次院。

他是以第一名的成绩考到我们学校的，在高中却一直不着调。他说，当他想学习时，高考都结束了，那三年做了一个梦。

我平时成绩比小龙好很多，尤其是文科。别人看着头疼的政治，我不到半个小时就能把整本教材的内容放在心里。在天才云集的地方，我也从未佩服过别人。

高中三年我只做了一件事，就是和父亲吵架。他把国家看得比一切都重，更要命的是，妻子和孩子的破衣烂衫，吃了上顿愁下顿的生活，都是他骄傲的理由。

记忆里从童年起我就站在同龄人的顶端，我会偶尔瞧不起社会底层的人。但我积累的骄傲一点点消失了。我住在家徒四壁的地方，用的东西大多比我的年龄还大，没有玩具，衣服老旧，看表哥表弟吃东西我要猜那玩意是什么味道的。

高考，我成了全班倒数第一。我要让父亲知道他有多窝囊。

哪怕毁了自己。

18.7　鲜花和水果的区别

我不知道该怎样向花小弟敞开心扉，其实我很想。

花小弟依然是那个可以给我安全感的女朋友，她还会当着我的面给老爷子打电话，大声告诉他和我在一起。

大四了，周围花一样的女孩都变得不那么新鲜，只有杨鸿伶还那么美。岁月真的无情，在校园里很容易看清大一和大四的不同，是鲜花和水果的区别。

我和花小弟常在校外的网吧通宵上网。那里通常很热闹，很多半大孩子，边玩边骂，持续喊好几个小时，把这城市的口音发挥得淋漓尽致。还有些小姐到这里碰运气地拉活，她们花枝招展地进来，把男孩或者男人带出去。老茂的初夜就是这样给了小姐。

我身边很少有不同居的情侣了，我和她的两床生活在别人眼里有些怪异。在他们眼里，经济才是同居的唯一障碍。

有一次，我和她夜不归寝被抓了。那天，浩浩荡荡的人挤满了整个办公室，两个专业就有将近百人。

大家的神情里都有着小紧张，都祈祷着法不责众。逃寝本身就是可大可小的事，要是倒霉，可能连学位都没有。

这几年的无法无天，让我算计着如果被开除大不了重读高三。此情此景下，我才发觉，我早就没了学生的状态。那时流行一句话，"当我穿上裤子从大学毕业。一个声音讲，你滚，青春留下。"我才恍然大悟，大学的生活摧残了我。

学校并没有严厉惩治我们，他们要在乎一点面子的。就在几天前，一个我不认识的同学在操场踢球，几个喝多了的体育老师让他滚，他顶撞了几句，被打得骨折住院，缝了十多针。学校扬言，家长如果敢告学校，学生就没有学位。那个学生主动打老师？怎么可能！这个学校谁不知道他们都是全国武术冠军。四年，每个人都多少会有些把柄在学校手里，家长也只有在这个时候才被学校告知自己的儿子是个喜欢嫖妓和赌博的人。他们曾经把多么单纯的孩子送到这个地方。

被抓的那天，我和花小弟吵了起来。

"我寝室的小芳在办公室听到要查寝了，她却懒得来找我，恰巧我手机也没电了。"她平静得一如既往。

我和花小弟总去的那个网吧，她们寝室的人是知道的，步行不到五分钟的路。

"小芳？你总帮的那个人？"我问。

小芳是个农村孩子，花小弟很照顾她，像我对老茂那样好。

我觉得很愤怒！难道他们在得到了之后从来不去想报答？

"和她绝交！"我压抑着情绪。

"为什么？我和她的关系可好了！"花小弟很少反驳我。

"好。你和她一起过。分手！"这是气话，我不懂她怎么还可以说出人家好。

我推开她，躲到她的视线以外静静地看着她，想着我和她的不能确定的一辈子，又想起我的妈和她的爸，头疼。

爷儿们要有责任感，即使我没做过什么要负责的事。

我看到她在流泪，上次她这样流泪是在她母亲走的那天。她悲伤得不像个人了，很多行人都在看她，她却看不到。她无助得让人心碎。

我冲过去，抱她，"乖，不分手了。"

第十九章

19.1　乖

花小弟真的和小芳绝交了。

我很确定地和花小弟讲，人的精力是有限的，把有限的精力给个连为你走路五分钟都不肯的人，才是对所有亲人的不尊重。

花小弟寝室的人都对花小弟很失望。

她们质问花小弟，为了个破男人抛弃几年的姐妹感情值得么？

19.2　苦旅

这个破男人很颓废。在很多领域我可以举一反三，但这不包括的课程有概率，还有概率和概率。小学时，我就代表城市参加各个级别的数学竞赛，没有人会相信，小九九我背了六年。

我讨厌没有自由空间的学问。我拽着佟志平给我补习，他也很认真地教。佟志平几乎不和宋聪聪说话了，还用大块的时间给我补课。

我必须要通过这门考试，除非自甘堕落愿意和老茂念大五。幺猴有一天打电话给我说："吴山替你送礼去了，给概率老师。"

我很少亏欠别人的，却在大学欠了吴山很多。他不需要送礼的，我知道他也很鄙视这些肮脏的行为。我说过，不会为了成绩给老师送任何东西。这个学校挂科的人大都很傻，重修要几千，送礼只是几十就好。我还笑话过小白送了五斤鸡蛋给老师。

考试，只答了不到四十分的题。从考场走出来，我觉得自己像行尸走肉。

那些天，是四年中最悲哀的时期，来安慰我的人很少，除了吴山和艾俊豪打了电话来，但他们打来也都沉默着。

佟志平和花小弟白天黑夜地跟着我，怕我有什么意外。

佟志平说："大不了跟哥做生意去！"

花小弟说："想开点，我爸连小学都没毕业，快五十了才进城呢！"

过了几天成绩公布了，我及格了。那是死过一次又重生的经历。

19.3 伤纯真

我渴望从一而终的爱情。

我从初恋的苦闷中解脱出来，却没有完全解脱，这种解脱用了整整四年时间。

四年，一个少年到青年的过程；四年，在异乡求学却没有学成的岁月；四年，去承受一个性格的错或者对。这就是宿命吧。

我为过往的任性而悔恨不已，尤其是当看到刘馨影总是一个人在校园里游走的影子，孤魂野鬼般凄凉的模样。

她拒绝了所有追求，她还会在见面时对我微笑，眼含热泪。

有人问过她，为什么那么傻地牵挂我，却不给别人任何机会。她笑着说，曾经沧海难为水。

宝贝，我只是一条很肮脏的河流，不配做任何人的沧海。

我快乐地酝酿着悲伤，就好像现在，我哀伤着说快乐……如果我还能把握住不快乐的节奏，请不要给我那么多同情。

害怕刘馨影的悲伤在花小弟身上重演，于是我每天都对自己说，花小弟很可爱。

我没有力量去拯救，也不想伤害人。

摘一段那时的日记吧：

"从前有个很大的神奇果园，每个孩子都可以在果园里摘一个属于自己的果子，但只有一个。

传说保存果子的孩子会拥有快乐。

一个男孩子摘到了自己喜欢的果子，却被坏人偷走了。

他很伤心，哭了很久，他觉得永远没有快乐了。

男孩子决定偷偷地再摘一次。

如果男孩子不小心摘了属于你的果子，请原谅他好吗？

他只是一个丢了东西的孩子。"

19.4　细碎细碎

记忆，勾勒自己灵魂深处的影像。 我必须清扫那些积累的灰尘，我被呛得苟延残喘。

以为很深刻的一切，渐渐模糊不清。

我对老茂的失望多少影响了我对艾军豪的态度。

我和她的友情，缺少让彼此一辈子都甩不开对方的深刻。

她考上复旦研究生的消息，我是从别人嘴里知道的。

艾军豪的入学成绩是全班最低的，四年，让默默无闻的丑小鸭，成为了凤凰。

她也没有多刻苦，每天都起得很晚，睡得很早。但她很专一，别人逛街旅游上网和恋爱的时候，她都在看书。

拨通了她寝室的电话，杨鸿伶接的。

我很客气地说要找艾俊豪，她也很客气地把电话转过去，没有一点废话。

听到杨鸿伶的声音，我还会紧张和心跳。

"我请你吃饭！那么大事不通知我。"我对艾俊豪喊。

"我怕你嫉妒。"艾俊豪在那边怪笑。

"怎么会！"我大声抗议。

"真的吗？"她还在笑。

"请我吃饭的人很多，你排队成不？"艾俊豪说得有些为难。

一定是那群成天想请她去食堂吃饭的小伙子们，那群人都追了好几年了也没有个结果。

"哈哈，你赶快给我滚下来，顺路帮我告诉花小弟一声。"我挂了电话。

艾军豪在一分钟后出现在我眼前，她不是懂得打扮的姑娘。

我给了艾俊豪一个绚烂的笑容，她回应了个更绚烂的回来。

她是真开心的，嘴都快咧到后脑勺了。

"我真的约了人，不过因为你，谁也无所谓了。"她说得深情款款。

"你别装深情了，人家都追了你好几年了，你亏欠他一顿，还能对他有点念想，我也是在帮他啊。"我严肃地揭开事情的真相。

还好，她早就习惯了我无耻的方式。

"伶伶说下来的，后来也没来。你也真是的，都毕业了也不请校花吃一顿啊？难道要人家主动请你？"艾俊豪的贼心仍然不死。

"和花小弟说了吗？"我不想继续那个话题。

"说了，你可真是的，以后这样的事别让我干，我和她不熟。"艾俊豪一脸的不乐意。

"你就不能对你嫂子好点？"我知道，她和我妈一样不喜欢花小弟。

"嫂子？扯！等你俩结婚以后，我再对她好！要不我还不知道谁真是我嫂子呢！不过，你这次真的让人佩服啊！你俩一年了，有点不像你了！"今天的艾俊豪特别能讲话。

我记得我和她说过的，我想，一次一辈子。

艾军豪很少对我谈自己的感情，我知道她的现实，她要的是自己的幸福，能守住的幸福。我记得她最失态的流露也只是在大三，她在每一本书上都隽秀地写着："因为懂得，所以慈悲，所以不再期待。"那是我和她关系最亲密的日子，也是从那时，我注意了和她的距离。

"我考上复旦你真不闹心？"艾军豪的眼神里有顽皮得意和为我淡淡的惋惜。

我笑了，当是给她的答案。

石头总说，这个世界上每天都有很多幸运的人，不要嫉妒别人，更不要嫉妒朋友。

"终于要离开这个鬼地方了。"她长吐了口气。

我有些无语，甚至有被硬物噎到嗓子的感觉。过去，她从没表达过对这个学校的不满，她是擦着边考来的，从一个偏僻的农村。此时此刻，她用复旦研究生的姿态说话了。

19.5　西红柿鸡蛋

和艾军豪谈爱情，谈找工作，谈未来，好像明天她就真的要离开一样。

她的心，在上海。我的心呢？

艾军豪说刘磬影没有考上，她俩报考的一个专业，录取名单上没有刘磬影的名字。

我的心，针扎了似的疼，顿时没了聊天的心情。

过往的恋人是放不下的牵挂。

艾军豪说她最开心的是不用为找工作苦恼了。我也不苦恼，刚从差点留级的阴影中解脱出来，索性给虚弱的心灵放了假。

和艾俊豪分开，让我觉得很伤感。饭店外边有点冷，我打了几个喷嚏，还挤出几滴眼泪来。

寝室的聚会明显多了。毕业越来越近了，近得可以用手数清剩下的日子。每次聚会都会喝得烂醉，谁不醉谁就是王八。

我不在寝室的日子王小北和吴山、幺猴处得不错。王小北在喝酒的时候常叹口气，损我，一副惋惜的表情，却还适当地显示自己的大度。

我忍了几次，后来他又那样，我把一盘西红柿炒鸡蛋扣在了他脸上。

王小北喝多了就埋汰我的习惯到现在都没改。他一直渴望在一个平台上击败我一次。

吴山打电话让我回去聚会，寝室四个人带着大个和老茂。

我不觉得四个人的聚会和他俩有什么关系。吴山说，幺猴喜欢他俩。

"喜欢让他仨出去吃！"我生气，挂了电话。

如果他当初就如此，我一定不会交这样的朋友。

19.6　一个人的悲伤

郁闷，想喝酒！

想喝酒，就给石头打了电话。

自从他和嫂子分手，又和老茂亲近了，我就故意地疏远他，但那并不代表他不是我的兄弟了。

我很放心和他的友情，哪怕不去刻意地呵护。

"你不找我，我都没钱吃饭了。"石头说。

"兜里钱都给老茂参加你们寝室的聚会了。你怎么没去？"石头一向没心没肺，才想起来问我。

手机响了，是幺猴。我犹豫了一下，没接。

"你大爷！"我真的生气了。

我请他吃饭，他把钱给了老茂，也就是我请了老茂参加我们寝室的聚会。

石头近乎白痴的狭义心肠一直是让我耿耿于怀的伤。人都是有缺点的，我确定我是有缺点的，否则我不会时常痛苦。我苦恼什么才是我的缺点的根源，我总觉得我所有缺点都来自我的优点，就如我总被人利用的对世人的爱心。

我和佟志平开玩笑说："咱俩比人品啊？"其实我的内心是苦闷的。

面对我的责骂，石头一声不吭，笑容都憋在皮肉下边的骨头里，他故意把酒喝得吱吱响。

他习惯了我心情不好时的歇斯底里，我也没奢望他为我改变他的生活方式，他的豁达和不计较为他赢得了很多东西。

我应该叫他石老师了。石头能成为老师，说来话长。他在大三的时候偶然结识了一个大四的师兄，那个师兄是我们学校里经商的传奇人物，据说是大一就拿着几十万来的。他很欣赏石头，带着石头走了一条很阳光的路。

"你就是头猪！"石头看着我，说得慢条斯理。

我不明白他指的是什么，但我不反对他的看法。

"杨鸿伶是个好姑娘。你想什么呢？你会追不上吗？"石头一声声质问我。

呵，原来说的是爱情，还好是爱情。

相比于生存，我的爱情还不算是个很大的问题。一个没有前程的男人不该有感情的困扰，他没有这个资格。况且我亲吻张红一的那个晚上，我和杨鸿伶就不能在一起了。

爱之最深刻，莫过于我爱你却无法告诉你。

刚吃的菜味还在口腔里荡漾，我看着眼前这桌子菜直反胃。石头吃得很尽兴，我想他几天没吃过一顿像样的东西。

"怎么穷成这样了？"我问他。

"我们班几个去外地找工作的，需要钱。"石头随意说了几个人的名字。

头疼，都是平时能祸祸的一群人。

"老茂和大个不和你们寝室聚会，到我们寝室凑什么热闹？"我没好气地说。

"四年都没处好，出去吃饭有啥意思？彼此看不上！"石头顺口答着。

"你还知道啊！"我骂他。

吃人的嘴短，石头知道理亏，一个劲笑。

他总是这样，宁可自己吃不上也要让一些人吃上饭，哪怕那些人不是他的朋友。他也不会拖累我，有钱了也越来越少找我。

石头，不喜欢我管着他。

和他过去的友情还在，对于彼此的感情都没有减少，却因为追求不同而没有更深厚。

幺猴的电话执着地响，我估计那小子正在把头靠在哪个墙上，手一个劲地按，一口菜也没吃。我甚至看到了王小北得意而猥琐的表情，他一定是认定找到了我负心薄情的证据。

幺猴不会以为自己错了，还以为是在迁就我。

老子没做什么，不去陪笑还不成？

于心不忍地接了那小猴的电话，"吃饭！"重重的两个字，他心里压了不少的怨气。

"我吃着呢，和石头。"我笑着说，却明明是哀伤。我听见老茂和大个在旁边喊："让铁子过来，都很想他。"

"你不知道寝室聚会啊？"幺猴质问我。

"啊，我以为是寝室聚会呢！"我冷笑。

我俩同时挂了电话，哐哐地敲得心直响。

我不争气地哭了，委屈，亦是那四年的不如意的爆发。我偏执地以为，自己的善良毁灭了我的大学。

幺猴和张红一都是魔鬼！

但我不怪他们。我错了，错得很离谱。我没有为爱自己的人保重自己，却为了自私的信仰和自以为的道德一再迷失。一个人连自爱都不懂又谈什么善良和责任？！

对有什么用！时间会带走一切信仰，带来现在的窘迫！

石头在对面看着我，他大概不知道怎么安慰。一个人哭得很别扭，所以我又笑了。

"结账了，出去凉快一会儿。"我擦着眼泪鼻涕说。

"哈，你一口没吃，剩了这么多，正好我叫几个人来。"石头说。

我还没走到门口，石头已经在打电话了。

19.7 砸锅卖铁的救赎

"你真的爱我吗？"我掐着花小弟的胳膊，发疯地摇。

"爱啊！你咋了？傻了？"花小弟抚摸着我的脸，那是刚刚眼泪流过的地方。

"我和你回沈阳吧！"我悲哀地把花小弟当成生命里最后一根

稻草。

"好。"她使劲地点了一下头。

我是在任何人眼里都优秀的男朋友，但我自己知道我爱她没有多少。如果她是真的爱我，我不够爱她有什么关系呢？

第二天一早，我和花小弟就坐在开往沈阳的火车上。多年以后回忆那天的一心往外跑，其实是为了成就自己漂泊四方的梦想，也不想回到家乡而让物境拷问自己失败的过往。这样的浪子情结也一直陪伴着我的灵魂度过未来的蹉跎岁月。

再次来到花小弟的家，一切都没有变。

不算小的房子因为少了一个人而显得空荡荡的，更重要的是它缺少了一种味道。

那个老头还会早上骑自行车出去，在吃饭的时间回来，吃完再走。

她大姐和姐夫也会偶尔过来。她和老头一点血缘关系都没有，却一样地喜欢吃完就走。

老头还会冷眼看我，那眼神让我寒到冰透。还好他不再用语言表达什么，就像妈妈对花小弟的态度一样。有一天买菜的时候，花小弟告诉我，她和家里人说自己失身了。

那些年，傻傻的花小弟感动过我很多次，包括这个谎言。一个女孩为了我而自毁名节，她就是那样的傻。

妈妈也知道我去沈阳了，劝说失败之后干脆经济制裁了我。"你和她有了关系，砸锅卖铁妈赔她。你要跟她，一辈子就毁了。"妈妈坚定地说。

妈妈小看了我的生存能力，这些年，我积攒了几个不愿意看见我饿死的朋友。

我和吴山借了钱，日子勉强过得去。花小弟并不十分着急找工作，大概老头给了她什么承诺吧。

我把除了做饭以外的时间都用来找工作。去了人才市场才知道，好工作是不招聘的，高薪工作是需要经验的。找工作更像碰运气，根本就不知道什么样的岗位会有什么样的命运等待着自己。我总觉得自己完了，现在我依然不知道什么才是真正的人才。

花小弟的二姐找了男朋友，也是博士，都是大龄的缘故，很快就到了谈婚论嫁的地步。

那个讨厌的男人请我吃了饭，长得和猪八戒一样，说话很狂。我感觉他有点弱智。他的月薪两万，对于还是学生的我来说，那是个天文数字。

我喜欢经历，哪怕不是好的。我总以为自己输得起，很多次走到了输到裸体的地步，我却没有因此学会坚强或者智慧。我和厕所里的石头一样又臭又硬。

噩梦要来临了，我又把世界想得太美好。

第二十章

20.1　枪

天上有个大的太阳，能给一切热量。

丑陋暴露在大地上烘烤，榨干禽兽的精子……

我又哭了，谁能带走我的眼泪啊？

最虚伪或高尚的魂，有人为之舍生忘死，有人用之暧昧生长。

苍穹茫然的忧伤，是万水千山的愿望。

清晨醒来的梦想，脚能踏在不同的路上。

我获一杆长枪，何日才能称王。

大四是天堂和地狱交汇的领土，好工作就是通往天堂的钥匙。

百无聊赖和满目疮痍的交错出现让人抓狂，我开始写诗来寄托情绪。我能写出很好的诗，全班的女生都会背。没有人知道那都是写给杨鸿伶的。

我会写诗，会抽烟，会做饭，会画画，会绣花，会洗衣服，会唱歌，会泡妞，会射门和投篮，会购物，会讲价，会逛街，会旅游，懂古玩，认识各种各样的石头木头，家事清白，会点基本英语，打字也蛮快的，胆子也挺大，诚实还不装，有正义感，吃得西餐睡得草房，很聪明，但这些并不能给我带来好的工作。

我不是名牌大学毕业，在那么破的大学也是不学无术的，没什么拿得出手的专业知识。和周围大部分人相比，我只是不喝酒不嫖妓。

我还很挑剔，不和陌生人说话。

20.2　迷茫

那是我人生第一次想到死亡。

活着，真的不快乐。

我想起少年时，周围的师长都觉得我是个为民族大事而存在的孩子。可笑的是，这个孩子长大了，连像样的工作都找不到。

妈妈偶尔还会打电话过来问寒问暖，逼迫我回家，我和她说："你把我生出来干嘛啊？"

我恨！

恨爸爸！恨高考！恨那个大学！恨大学里的一切！我觉得一切都很肮脏！

"这个家不欢迎你！你走吧！"趁花小弟参加同学聚会而我没跟去时，老头终于找到了机会撵我走。

他的无礼并不让我觉得意外，死猪不怕开水烫。

何况，在我的生活中，花小弟是让我无所谓的拥有。我和花小弟的爱情，她从没站在天平上属于主宰的那边，只是我一直用力忽略这样的优势。

"让花小弟和我说吧。"我有个一闪而过的念头，骗光这个老头所有的钱。

又过了几天，妈妈打电话过来，说爸爸病重，速归！

我了解父母，他们快死了都未必让我知道，何况妈妈用那么淡定的口气说我爹病重。

我回家了。我走出屋子的瞬间，老头的眼神中又一次出现那样开心的神采。外边的世界很无奈。

我进家门，我爸正在上网，乐呵呵的。妈妈一脸的羞愧，这个女人在我牙牙学语时就不断告诫我，好孩子不许撒谎，撒谎不是好孩子。

"嘿，你也不问你爸的病怎么好那么快啊？"妈妈不好意思地问。

"你听说我要回来笑的那个动静！我爸病了才怪呢！"我不理他俩，就倒在自己床上。

醒来，妈妈就坐在床边看着我。妈妈生我时早产了。七个月，二斤多的我不得不被送进保温箱里。爸爸说妈妈在玻璃门的外边，一站就是一宿，谁都拉不走。没有人相信我可以活下来。

二十二年前，二斤的我都可以坚持，现在二百斤的我有什么理由不好好活？

"妈，我不离开家了！"我几乎又哭出来，无论父母做错过什么，他们都是世上最爱我的人。

"咱家楼上瘸腿的老头的姑娘长得可漂亮了，她有个姨夫老有钱了，起码一百万。还有隔壁张阿姨说看你做饭的姿势老帅了，她姑娘也挺漂亮，就是比你小几岁。你喜欢哪个？"妈妈一脸的微笑，好像那个咱家楼上瘸腿的老头的姑娘的姨夫的一百万马上就要落入我的口袋似的。

妈妈还记得我的毛病，刚睡醒会短暂的神智不清。我小时候，她就没少这样糊弄我，让我答应了不该答应的事，又不好意思反悔。

"远点，我饿了，弄饭去！讨厌！"我讨厌她的卑鄙。

妈妈讪讪地离开，边走边说："早上有个女生找你，我让她晚上再打。"

从妈妈的表情里看，除了花小弟，母猪她也会想拉回来嫁给我！

晚上，电话又打来，是博士姐姐。

"感情生活挺不愉快的啊？"她问。

"还好！"我奇怪她怎么上来就问这个。

"你妈挺有意思，让我劝你分手，还让我去你家做客。"她在那边笑。

"我晕，我倒！你可千万别想多了。"亲娘啊！你好歹认识再往家叫啊。

"你妈真可爱，我要是有这样的老婆婆就好了。"她说。

"你又做梦！"我鄙视她。

然后，两个人都沉默了。我知道她真的喜欢我，很多年了。

"我要毕业了。"她说得很小声。

"啊。"不知道该怎么回应，我知道这才是她最初找我想说的事。

"离开这里还是走？你说。"她问。

一个理科的博士，她的工作很好找。

"你还没给我介绍对象呢？"我记得她答应过我的。

"你怎么那么自私呢！说我的问题呢！"她在那边不乐意地嘟囔。

"哈，哪儿钱多去哪儿。我的意见那么重要吗？"我怕说错话，干脆给了她最世俗的建议。

"继续在这个城市，如果可以不看着你牵着别人结婚，我愿意留下！"她说这几个字的时候很用力，她确定我能听明白她在说什么。

我觉得很沉重，这让疲惫的我不想面对。她走了，我会伤感。她留下，彼此能给对方什么呢？

"如果我不愿意让你看，你就看不着了呗！"我故作镇定地回应。

"哼！哼！哼！苏铁你个王八蛋！"她骂。

20.3 十分钟

拖拖拉拉地在家，睡觉。

一天只有两个小时不在床上，那两个小时是吃和排泄。

偶尔在梦里醒来，也不敢想未来。后来有段日子我失眠，就特别怀念那段日子睡得那么肆无忌惮，把整个床单都染满口水。

我毕业那年赶上非典，政府号召大家足不出户，学校也对在外散养的大四学生彻底地抛弃。那个寒假连同实习加在一起，我断断续续地休息了将近半年时间。

周围谁谁谁找到工作的消息不断传来，有牛人把工作签了又换，这些无疑加深了我的郁闷。

看着电视里那些病人，同情之余还有点庆幸，我只是还没找到工作。

在家的日子，我让花小弟别给我打电话，她也听话。我相信，我和她完了。

我没有和妈妈说要和花小弟分手的想法，还尽量替她维护和解释。我还期待爱的奇迹，也等着分手的契机。

爸爸在我半醒不醒中和我说："你伯父是某市市长，你姑父是某局局长，你表哥家亲戚现在是某行行长。儿啊，别为工作发愁。"

他说的，我是知道的。依靠别人的力量才能找到工作，对于目空一切的我来说，是多么不情愿，是何其羞耻。

爸爸那阵子比我还忙碌，一辈子的上层工作让他认识了一些可能呼风唤雨的人，也因此闹出很多笑话来。他让我找一个他的发小。

那个叔叔我见过，就壮着胆子去。他是个局长，有属于自己的硕大的办公室。就在那里，他批了我爹半个小时。这样的委屈我受过不是一次两次了，别人都是因为父亲而得到什么，而我，从小就习惯听他们说我爸不好，所以我也很习惯摔门，去他的局长。我还记得他儿子上学时成绩连我的零头都不够。

我并不是很心疼爸爸的操劳。现在我依然觉得，如果不是因为他，我可以上中国最好的大学，找自己喜欢的工作和姑娘，快乐优雅地生活。

又过了几天，从爸爸舒展的眉头中看出，我的工作有着落了。妈妈说是一个银行。

我不喜欢银行，但听说待遇不错。石头和佟志平都说我的性格进银行可惜了。

那是春暖花开的季节，非典病毒肆意地繁殖，我执意离开家去学校。那天是我的生日，这样庆祝让我觉得很有意义。

花小弟没打电话过来，大概是忘了。几天以后，我在电话里和她发了脾气。

我通知了吴山、石头和佟志平。他们说，我回来会被关在学校外的楼里隔离，有钱不能花，有妞不能泡，只能眼巴巴地等他们给我送吃的。

我又回到这个熟悉又即将陌生的地方。它更像一座坟，埋葬着我的青春。学校的外边排满了体检的长队，要经过检查，才能被关起来。看到个同专业的女生在负责登记，我微笑着凑了过去。她头也不抬："你叫什么？"牛哄哄地语气。

我猜她是被抓了壮丁，才会如此不爽。"你猜！"我大声说。

几个医生拿着我的体温计窃窃私语，我摸摸脑门，不热。"你怎么才三十四度？"一个白大褂走过来问我。

他是学校的医生，我认识。有一年我胃疼，他没做任何检查给我开了去疼片。

20.4 一个耳光

我被关押在学校成教的小楼里，和其他三个毕业生一起。彼此不认识，还都脸熟。我们不问对方叫什么，就可以在一张床上打扑克、喝酒。

吴山、幺猴、石头、佟志平、艾俊豪分别来看过我好几次，带着罐头和水果，隔着高高的铁栅栏。

那是离开的季节，大家都把悲伤挂在脸上。

石头和吴山都通过了毕业答辩，随时能拿到毕业证离开。

花小弟在我被关押的第十天过来。她来那天，学校迫于毕业生就业和答辩的压力提前解除了监禁，我也获得了自由。

我领着花小弟、佟志平、宋聪聪吃遍了这个城市所有值得留恋的食物，四个人像皮球一样滚回学校。在我熟悉的花小弟的寝室下面，我吻了她。在她的嘴唇里，我感受不到一丝的温存。

"我们分手吧！"我说。

我是个精神分裂的人，要不为何那个吻和这句话隔了不到一分钟。

花小弟清澈的眼睛在一瞬间迷离，她的泪水阻挡了我们之间的视线。我只看了一眼，就再也没有勇气看她。

转身狂奔，我听见花小弟跪在地上呕吐的声音。

我哭了！是内疚吧？我真不是什么好东西！

手机关掉！电话线拔掉！翻来覆去地，鞭挞自己的灵魂。

分手的第二天，人们都看着我叹气。在他们的眼里，我就是这样的人。

不让谁看到我难过，我选择只在黑夜里哭。轻轻地打开手机，我害怕花小弟打电话来，又想安慰她。我坐在床上傻等，电话还是打进来了，是花小弟的二姐。

"二姐。"我不知道说什么好。

"别这么叫我。你不配叫我姐。我家小弟不要你，你就是一个王八蛋……"那顿骂啊。

多年以后，我才发现我忘不了花小弟，忘不了那些内疚，还有那些为她养成的生活习惯和口头禅。我依然记得她爱喝的饮料和淘气时的表情，我发现其实我对她的感情比我当时以为的多很多很多。

后来她结婚，那天是我的生日，我宁愿相信只是一个巧合。她混得不错，在沈阳的一个事业单位，很快就有了车，成了大领导。

分手后的几天，佟治平一直陪着她。佟治平不告诉我花小弟如何了，他替我去承受了一切。半个月后，花小弟被宋聪聪打了一个耳光。她怕花小弟勾引她的男人。

后来，佟治平和宋聪聪离婚，我给宋聪聪打过几个安慰电话，算是答谢佟志平对花小弟的关怀。

而宋聪聪的那记耳光，像是打在我的心里，疼了好久。

20.5　一笑泯恩仇

"度尽劫波兄弟在，相逢一笑泯恩仇"是老茂毕业时挂在嘴边的话。

读大五的刺激让他变了一个人，他像个爷们儿一样帮大家干这干那。

我不愿去接受他的任何好处，我会纵容一个人到完全伤透我为止。

毕业之前的活动很多，唯一的正事是论文，唯一的牵挂是送别。其他的学校活动，我都是挑着人多的参加，为了多看几眼身边的人。

我记得系主任说过一句让我觉得有深度的话："四年了，感激不必了，怨恨也不必了，谁让你们考不上好大学的！"

我记得大家有计划地摔暖瓶之类拿不走的东西，从毕业楼上百个暖瓶往下边掉，很是壮观。

我还记得在女生楼下唱歌或哭的男生，闹鬼一样的烦和悲凉。

吴山确定要出国，王小北去了山东的外企，幺猴去了上海，我去了银行。

我们寝室也算有看起来不错的归宿，班级其他人也都还算不错，就业没有想象中的残酷。散伙饭吃了好几顿，每一顿都有人在外地找工作或者实习，每一顿都醉得昏天暗地。直到先参加答辩的十个人拿到毕业证，学校限时清校，心中大团圆的想法才彻底破灭了。

送别他们的聚会上，我们四个上去唱了《朋友》。说好不哭的，我还是不争气地流泪了。吴山、幺猴、王小北也跟着哭，下边的哭声顿时连成一片。

这些年一个人风也过雨也走

有过泪有过错还记得坚持什么

真爱过才会懂会寂寞会回首

终有梦终有你在心中

朋友一生一起走那些日子不再有

一句话一辈子一生情一杯酒

朋友不曾孤单过一声朋友你会懂

还有伤还有痛还要走还有我

我尽量去送了每个我能送的人，杨鸿伶是我们班第一个走的。

下半夜两点，我和吴山在网吧熬到那个时候再去送她。三十人的班级去了不到五个人，我看着别的男孩子把她的行李扛上火车，又看着火车开走。

我对吴山说，走的女孩是我四年里唯一喜欢过的人。吴山的嘴巴张得很大。

我送过一些人，他们从头到尾没有正眼看我。

20.6　一个小小的证

我和花小弟分手后就没再遇见过。

工作以后我去沈阳出差，特别想有一场偶遇，最好是我远远地望着，看着她一切都安好。

我的毕业论文通过得很顺利也很仓促，是学校着急赶我们走的缘故。

我拿到学位证那天，大部分人都不在身边。

一个小小的证，沉甸甸的，那里有四年的所有故事。石头说我的四年才是一段真的传奇。

离开学校那天，也下雨了，拥挤的月台上只剩下艾君豪。

吴山和王小北早回了家，石头睡过了，佟治平和我一天走，比我早半个小时，他的车票是我给买的。

艾君豪把一封信塞进我手里，那是杨鸿伶临行前让她给我的。

20.7　只是当时已惘然

回家的火车上，我打开那封信，熟悉的字迹映入眼帘，也模糊了我的世界：

"铁，我有一个梦想：嫁给树袋熊一样的男人，趴在他的身上去流浪，无论发生什么我都愿意和他一起背负。

我以为那只是可笑的梦。这个梦即将被我遗忘的时候，你懒散而倔强的脸勾起我心里最美好的憧憬。

我惶恐地认定你就是可以让我安定的男人。

不虚伪地说，我总是苦恼于自己的美丽，我不喜欢被关注，不喜欢那些爱慕眼神。

如果可以选择，我真的希望只做个平凡的女子，安心地守护着我的树袋熊。

我喜欢偷偷地看你。你通常几个月只上一次课，那天也足以成为我的节日。

我喜欢考试，你总会出现。

我想告诉你，我爱上你了，又怕你会被我的冒失吓跑。

我让张红一试探你。试探的结果是你成为了她的男朋友。张红一向所有人炫耀你的主动。

我却相信我的树袋熊不会如此轻易地付出感情。

后来，我用了很长的时间了解这个故事。我哭了，为你的勇气。

我自责那时赌气而放弃过想你。

我想做你的天使，你却再也没给过我机会。那几年，你身边的女孩交替出现，乱花迷眼。

铁，你让我失望了。为什么在可以安逸面前你选择了承受苦难？在善良之后又选择了堕落？

记得毕业前的最后一次聚餐，你说我漂亮。这些年你勾搭除了我以外的一切漂亮女孩，为什么我会是唯一的例外？

是否你也曾喜欢过我？我害怕面对逐渐清晰的答案，也许这样的结果对于年少的你我都是残酷的。

当你读到这封信时，也许我正在火车驶向南方的路上。我会看到离开的风景，就如同我离开了那个梦。

我很高兴一生最美丽的日子在你身边绽放。

铁，你信命吗？很多事是我们无法把握却不得不承受的。"